벚꽃 아래서 기다릴게

벚꽃 아래서 기다릴게

아야세 마루 지음 * 이연재 옮김

소미미디어
Somy Media

일본 토호쿠 지방 신칸센 노선도

목차

일러두기
*작중 등장하는 후쿠시마 사투리는 통일성과 가독성을 위해 표준어로 모두 번역했습니다.
*일본어 표기는 최대한 원문에 가깝게 표기하였습니다.
*미야자와 켄지의 작품을 인용한 부분은 역자가 직접 번역한 것이므로 따로 한국판 출처 각주를
달지 않았습니다.

목향장미 무늬 원피스

플랫폼으로 미끄러져 들어온 신칸센은 마치 방금 세차라도 한 듯 빛이 났다.

토모야는 역 안 스타벅스에서 산 톨 사이즈 캐러멜 프라푸치노를 손에 들고 자유석 차량에 올랐다. 러시아워가 지나서인지 타고 있는 사람은 거의 없었다. 방수가공이 된 메신저백을 선반 위에 올려두고, 창가 쪽 자리에 앉았다.

둥그스름한 유리창에 자신의 얼굴이 비쳤다. 길고 푸석푸석한 갈색 머리카락은 밤새 험하게 잔 탓에 이리저리 뻗쳐 있었다. 눈꼬리가 위로 치켜 올라가고 속쌍꺼풀이 진 눈은 자신이 보아도 조금 험상궂어 보인다. 코의 모양새는 여전히 마음에 들지 않고, 입술은 오른쪽 끝이 미묘하게 올라간 채 일그러져 있다. 이 얼굴을 코앞에서 계속 바라보는 건 어떤 기분일까.

찡그린 얼굴 너머로 도쿄 역 플랫폼이 천천히 멀어져 갔다. 차내 전광판이 다음 정차역을 알리는 오렌지색 문자를 흘려보냈다. 우에노, 오미야, 우츠노미야, 그다음은 코오리야마, 후쿠시마, 센다이로 이어지고, 그 앞으로도 수많은 역 이름을 지나 마지막으로 이와테 현(県)[*]의 모리오카까지. 이 기차는 꽤 먼 곳까지 간다는 걸 새삼스레 깨달았다. 치바에서 태어나 치바에서만 자란 토모야는 수학여행 때 가 본 토치기 현 닛코 시(市)보다 북쪽에 위치한 지방과는 지금껏 한 번도 인연이 없었다.

이대로 내려야 할 역을 지나쳐 멍하니 시트에 앉아 있는 것만으로도 아는 사람이 단 한 명도 없는 을씨년스런 마을에 쉬이 가버릴 수도 있다는 생각을 하자, 발끝이 둥둥 뜨는 것 같은 불안함과 함께 희미한 기쁨이 솟아올랐다.

그러나 약 한 시간 뒤 자신은 별 탈 없이 역에서 내릴 것이다. 그렇게 확신하자 조금 시시하다는 생각이 들어 토모야는 귀에 이어폰을 꽂고 음악을 재생시켰다.

커피 향이 풍기자마자 좌석 바로 옆으로 이동매점 수레가 지나갔다. 봄이기 때문일까. 판매원 아가씨는 마치 목 옆에 커다란 꽃 한 송이가 살포시 피어 있는 것처럼 엷은 분홍색 스카프를 묶었다.

저 아가씨는 어젯밤 누군가와 섹스했을까. 베이지색 스타킹을 신은 종아리가 시야에서 천천히 멀어지는 걸 보며 캐러

---

* 한국의 '도(道)'와 비슷한 일본의 행정구역

멜 프라푸치노를 한 모금 빨아올렸다. 강렬한 달콤함이 목구멍을 타고 흐르며, 혀끝에 남은 자잘한 얼음 조각이 뒤늦게 녹아들어간다. 눈을 깜박일 때마다 무릎 아래서 땀에 젖은 시트가 감겨드는 감촉이 되살아났다. 허리의 튀어나온 부분을 쓰다듬으면 마치 고양이가 가르랑대는 듯한 비명을 질렀던 것도.

아르바이트를 늘려야 하나, 생각하고 있거든.

더블베드 한가운데서 무릎을 세워 감싸 안은 채 주스 같은 딸기 맛 츄하이*를 마시며, 코코미는 가벼운 투로 말했다. 흐음, 하고 고개를 끄덕인 자신의 목소리는 그녀의 목소리보다도 한층 더 가볍고, 미덥지 못했다.

시끄러운 기타 선율이 흐르는 J—POP 음악 너머로 "잠시 뒤 우에노"라는 안내방송이 흘러나왔다. 때때로 차창을 스치는 벚나무 가지는 이미 거의 꽃이 진 채 적갈색으로 물들어 있다. 초여름이라 하기에는 아직 미약하지만 졸음을 불러일으키는 어스름한 햇살의 따스함을 피부로 느끼며 토모야는 천천히 두 눈을 깜박였다.

최근 레포트를 쓰느라 바짝 긴장하고 있던 때문인지 목덜미가 근지러웠다. 계절이 바뀔 무렵엔 아주 작은 피로나 수면 부족에도 바로 두드러기가 돋아 오른다. 어릴 적부터 있었던 고민거리다. 근질거리는 곳을 손톱으로 긁어 댔다. 함께 있을 때 피부를 긁으면 코코미는 '안 돼'라며 눈썹을 찡그

---

* 소주를 베이스로 하여 탄산과 과즙을 섞은 술

렸다. 엉망진창이 돼버리잖아. 상냥한 목소리로 나무라는 말을 들을 때마다 가슴속에서 희미하게 달콤함이 퍼진다.

노루잠을 반복하는 사이 오미야를 지나고, 우츠노미야라는 안내방송에 펄쩍 뛰듯이 일어난 토모야는 황급히 선반에 올려두었던 가방을 집어 들었다. 문이 닫히기 직전 간신히 신칸센에서 뛰어내리고는 안도의 한숨을 쉬며 가슴을 쓸어내렸다. 차에서 내린 사람들이 물 흐르듯 부드럽게 계단 뒤로 사라져 가는 플랫폼에서 토모야는 나지막한 빌딩이 드문드문 서 있는 지방도시의 거리 풍경을 훑어보았다.

10년 전까지만 해도 아무런 인연이 없던 이곳에 올해로 예순일곱이 되는 토모야의 할머니가 혼자서 살고 계신다.

그때 할머니를 토치기 같은 곳에 보내지 말 걸. 아직까지도 외가 쪽 친척들이 취할 때마다 버릇처럼 입에 올리는 말이다. 우츠노미야 만두 비교 체험과 딸기 따기 체험이 세트로 묶인 당일치기 버스 투어였을 것이다. 30대 후반에 열두 살 연상인 할아버지를 심근경색으로 잃고 난 뒤 네 자녀를 여자 혼자 손으로 키워온 할머니에게 있어서 여행이란 매일의 피로를 잊게 해주는 유일한 취미였다. 특히 아이들이 전부 다 커서 더 이상 손이 갈 일이 없어지고 나서는 매월 한 번 정도씩 일본 방방곡곡을 여행했다고 한다.

10년 전 토치기 현 일주 투어에 참가했던 할머니는 자유시간 동안 우츠노미야 시내에서 홀로 근처 산책을 나섰다. 할머니는 낯선 마을을 돌아다니는 것을 좋아했다. 오래된 목

조가옥이 늘어선 골목길을 발 가는 대로 걸으면서 처마 끝에서 떨어지는 초여름 꽃을 즐기며 돌아다니는 사이, 톡 하고 물방울이 떨어져 코끝을 적셨다. 정신을 차려 보니 하늘엔 잿빛 비구름이 번져 있었다.

'뭐, 그렇게 심한 비는 내리지 않겠지. 적당한 가게에서 우산을 사든지 찻집에 들어가면 될 거야.'

별일 아닐 거라 생각하며 재차 발걸음을 옮겼지만, 빗발은 점점 굵어졌다. 물에 젖은 머리카락이 무겁게 늘어지고 옷 속까지 빗물이 슬그머니 스며들었다. 마을 풍경이 하얀 실처럼 보이는 빗줄기에 덮이자 할머니는 슬슬 초조해지기 시작했다.

이정표를 살펴보자 우츠노미야 성(城) 일부를 공원으로 복원한다거나 혹은 그와 비슷한 대규모 공사를 하는 거리로 나와 버린 듯, 아무리 걸어도 비닐 시트에 덮인 건조물만 이어졌다. 편의점도 찻집도 보이지 않았고, 일기예보를 보고 나오지 않은 탓에 이 비가 잠시 지나가는 비인지 아니면 지금부터 점점 거세게 내릴 것인지조차 짐작할 수 없었다. 어쩔 줄 몰라 안내판 앞을 서성이며 역이 어느 쪽인지 방향을 확인하던 바로 그때.

희미한 그림자가 몸 위로 겹쳐졌다. "괜찮으세요?"라고 묻는 말에 할머니는 겨우 머리 위에 우산이 드리워진 걸 알아차렸다. 등 뒤에 커다란 우산을 쓴 낯선 남자가 서 있었다. 할머니와 동년배이거나 약간 연상으로 보이는, 턱수염을 기른

몸집이 커다란 사람이었다.

"길을 잃으셨습니까?"

그의 질문에 할머니는 마침 잘됐다며 입을 열었다.

"실례지만 이 근방에 우산을 파는 곳이 있을까요?"

"우산 말입니까? 글쎄요, 조금 전까지는 가게가 있었는데……."

남자는 느긋하게 주위를 둘러보다가 이윽고 어깨를 움츠렸다.

"괜찮으시다면 제 우산을 드리지요."

"아니요, 괜찮아요. 그러실 필요 없습니다."

"괜찮으니 받으세요. 젖으면 안 될 옷을 입고 있는 것도 아니고. 아, 안 되겠군."

남자가 우산을 올려다보며 얼굴을 찌푸리자, 할머니도 그에 이끌리듯 고개를 들었다. 우산살 하나가 부러져 우산의 실루엣이 일그러져 있었다. 별로 신경 쓰지 않고 사용한 듯했다. 남자는 우산을 할머니의 손에 건네주고 "잠시만 기다려 주십시오"라며 침착한 목소리로 말했다. 그는 멍하니 서 있는 할머니를 남겨 두고 하얀 빗속을 반쯤 뛰듯이 걸어갔다.

10분 뒤 되돌아온 그는 투명한 비닐우산을 쓰고 있었다.

"시청 지하에 매점이 있다는 게 생각나서요. 마침 우산을 팔아서 다행입니다. 모처럼 예쁘게 차려 입고 나온 여자 분이 살이 부러진 우산을 쓰고 있어서야 볼썽사납지요."

할머니는 뺨이 화악 달아오르는 것을 느꼈다. 여행을 할 때에는 기분전환을 위해 의식적으로 선명한 색상의 옷을 입곤 했다. 그러나 셔츠도 스커트도 몇 년 전 세일 때 산 것이므로 그렇게 뽐낼 만한 차림새는 아니었다. 이런 모습으로 칭찬을 받으니 조금 부끄러웠다. 그러나 누군가에게 보호받는 소중한 존재가 된 것은 무척 오랜만의 일이었다.

할머니의 손에 새로 산 우산을 건네며 남자는 원래 자신의 것이었던 우산을 돌려받았다. "미아가 된 건 아니시겠죠?"라며 확인하듯 건넨 질문에 할머니는 고개를 끄덕였다. 오십을 훌쩍 넘긴 나이인데도 마치 어린애가 된 것 같은 기분이다. 할머니는 "그럼 이만" 하고 등을 돌린 남자의 셔츠 소매를 느닷없이 꼭 붙잡았다.

"저어, 사례를……."

그것이 할머니와, 훗날 할머니의 남자친구가 된 호리카와 유타로 씨의 첫 만남이었다. 토모야는 어머니를 통해 귀에 못이 박힐 정도로 이 이야기를 들은 탓에, 지금은 흔한 드라마의 한 장면 같은 광경이 머릿속에 떠오를 지경이었다. 당시 할머니가 느낀 감정은 엄마의 어림짐작에 불과했지만, 그 뒤로 두 사람이 연인 관계가 된 것을 생각하면 아주 틀린 것만도 아니라는 생각이 들었다.

운명 같은 만남이 시작된 지 3년. 신변을 정리한 할머니는 오랫동안 편지를 교환해 온 호리카와 씨와 동거하겠다는 뜻을 자녀들에게 전했다. 치바의 부유한 집에서 태어나 부잣집으로 시집간 덕에 평생 무엇 하나 부족한 것 없이 지내 왔던 할머니가 타지의 알지도 못하는 남자가 사는 곳으로 가 버리겠다고 한다. 그 말에 가족 모두는 패닉 상태에 빠졌다.

신칸센의 플랫폼에 내린 토모야는 만두 모양을 본뜬 캐릭터가 그려진 포스터가 붙어 있는 역 안을 주욱 훑어본 뒤 그대로 재래선*으로 갈아탔다. 나스시오바라 방면으로 역을 몇 개 지난 뒤 산의 품에 안긴 고즈넉한 역에 내렸다.

'표는 여기에'라고 적힌 작은 상자에 승차권을 집어넣고 무인 개찰구를 통과하자, 택시가 한 대 서 있을 뿐 그 외에는 정말 차라곤 보이지 않는 한산한 로터리가 눈앞에 펼쳐졌다. 저 멀리 마냥 푸르고 화창한 봄의 산이 이어져 있다.

도시에서 자란 토모야는 여기에 올 때마다 자신 이외의 풍경은 마치 멈춘 듯 하고, 마을이 전부 차가운 겨울 하늘이나 그와 비슷한 무언가에 갇혀 있는 것 같다고 생각했다. 역 주변은 상점의 불빛이 조금이나마 비치지만, 몇 분 정도 걷다 보면 다다르는 국도 뒤로는 무식하게 큰 슈퍼마켓이나 주유소 말고 거의가 논밭뿐이다.

로터리를 벗어나 15분 정도 포장이 벗겨진 시골길을 성큼성큼 걷다보니 처마에 자잘한 꽃이 한가득 피어 있는 푸른 기와집에 다다랐다. 상당히 낡은 이층집은 벽에 칠한 페인트의 빛이 바래 있고, 물받이나 창틀은 녹이 슬어 너덜너덜했다.

---

* 신칸센이 놓이기 전부터 있던 기차 노선

덧문이 열린 툇마루를 통해 거실에 놓인 TV에서 버라이어티 프로그램이 흘러나오는 것이 보였다. 토모야는 정원으로 돌아들어가 나무 표면이 거칠게 일어난 마루에 걸터앉아 스니커즈를 벗어던지고는, 툇마루에서 실내로 들어섰다.

"할머니, 나 왔어."

부엌 쪽에서 고개를 빼꼼 내민 할머니는 티셔츠에 스웨트 팬츠 차림의 편안한 실내복을 입고 그 위에 낡은 앞치마를 걸치고 있었다.

"아이고, 매번 미안하구나. 별일 없었니?"

"별일 없었냐니?"

"대학 말이다. 이제 막 2학년이 되었으니 바쁠 테지?"

"전혀. 모처럼 운전면허도 땄는데 운전할 기회는 할머니를 태워 주는 것 정도밖에 없어. 연습하기 딱 좋은걸."

거실에서는 할머니가 만든 익숙한 삶의 내음이 풍겼다. 토모야는 점심 준비를 하는 소리를 들으며 오래 쓴 탓에 숨이 죽은 방석 위에 주저앉았다. 손때 묻은 앉은뱅이 식탁 위에는 간장병과 이쑤시개, TV 리모컨, 손톱깎이와 먹다 남긴 마른 오징어, 데코폰* 껍데기, 무첨가 소금누룩이 소개된 페이지가 펼쳐진 통신판매 카탈로그 등 잡다한 물건들이 널려 있다. 토모야의 어머니는 할머니와 정반대로 테이블 위에 쓸데없는 물건이 놓여 있는 것을 싫어하는 타입이다. 그러나 토모야는 어느 쪽이냐고 묻는다면 할머니가 만든 이 어수선한

---

* 쿠마모토 등지에서 나는 감귤류의 일종

분위기 쪽이 익숙했다.

　아버지도 어머니도 일로 집을 비웠기 때문에 초등학교 시절에는 집에 오는 길에 있는 할머니 댁에 들러 자주 저녁밥을 얻어먹곤 했다. 놀고 싶은 마음이 가득한 초등학생에게 할머니와 손자 단 둘뿐인 단출한 식탁은 어딘가 모자란 기분도 들었지만, 잔소리쟁이 엄마도 없고 귀찮게 구는 친구들도 없는, 누구에게도 간섭받지 않는 상황이 뭔가 편안해서 좋았다는 기억이 남아 있다.

　익숙한 손놀림으로 잡동사니를 끄트머리로 밀어내고 나서 할머니는 갓 튀긴 고로케와 우엉볶음이 담긴 커다란 접시를 식탁 한가운데에 올려놓았다. 둘 다 토모야가 좋아하는 것이다. 오이 겨절임과 계란 프라이, 흰쌀밥에 된장국이 연달아 식탁에 오르고, 호화로운 점심 식사가 시작되었다. "잘 먹겠습니다" 하고 두 손을 모은 토모야가 젓가락을 들었다. 무릎을 손으로 짚은 채 얼굴을 찌푸리며 앞치마를 벗은 할머니도 맞은편 방석에 앉았다.

　"오늘 진료는 몇 시부터지?"

　"세 시. 젊은 선생 쪽이니 빨리 끝날 거야."

　"그런가. 살 건?"

　"쌀이 다 떨어졌어. 그리고 세제랑 맥주도."

　"그럼 큰 슈퍼 쪽으로 갈까?"

　석 달 전 할머니는 액셀과 브레이크를 혼동하는 바람에 가드레일을 들이받고 대시보드에 다리를 부딪쳐 무릎을 다쳤다. 그 뒤로 한 달에 두 번 병원 진료를 받을 때와 무게가 있는 생활용품을 사러 나갈 때에는 토모야의 어머니가 동행했고, 어머니가 갈 수 없을 때에는 토모야가 함께 가기로 했다.

식사를 마치고 설거지를 하는 할머니를 곁눈질하며 멍하니 TV를 보고 나서 토모야는 어슬렁어슬렁 다다미가 깔린 옆방으로 향했다. 방 한구석에 놓여 있는 검게 칠해진 불단 위에는 방금 전 먹었던 고로케와 우엉볶음을 조금씩 옮겨 담은 작은 접시가 놓여 있었다. 안쪽을 들여다보자 할아버지의 사진과, 호리카와 유타로라는 금빛 글자가 새겨진 새 위패가 나란히 서 있었다.

어머니는 몇 번인가 인사를 한 적 있는 것 같았지만 토모야는 실제로 유타로 씨를 만난 적이 없었다. 사진을 통해 얼굴을 익힌 정도다. 사춘기였던 토모야에게 부모님이 가족 간의 다툼을 보이고 싶어 했을 리도 없고, 소동이 가라앉은 뒤에도 할머니를 만나러 갈 때에는 할머니 혼자 우츠노미야까지 나와서 함께 만두를 먹는 일이 대부분이었다. 유타로 씨가 사람 대하는 게 서툴러서 친척들과 친해지기를 꺼려한다는 이야기도 있었던 모양이다. 몸집이 크고 말주변이 없으며 고지식한 사람. 대략 그런 사람이라고만 들었다.

할머니와 유타로 씨의 사랑은 그 시작부터 수많은 파란을 안고 있었다. 자산가였던 할아버지가 할머니에게 남긴 부동산을 포함한 많은 재산. 그에 비해 배달 일을 하는 유타로 씨는 그리 부유하지 않다는 점. 여행지에서 피어난, 주위에 설명하기 어려운 사랑. 그 사람과 살고 싶다는 할머니의 고백에 가족회의에서는 분열이 일어났고, 할머니의 자식인 엄마나 외삼촌, 이모들의 의견도 두 가지로 나뉘었다. 할머니가 속고 있는 건 아닐까, 느닷없이 나타난 저 사람이 할아버지의 재산을 물려받는 걸까? 동거라니 그런 꿈같은 소릴. 그 나이에 낯선 곳으로 이사를 가다니 잘 살 리가 없어. 험악한 의견들이 이어졌지만, 그럼에도 불구하고 할머니의 결심은 흔들리지 않았다.

4형제 중 제일 맏이인 토모야의 어머니와 제일 막내인 셋째 이모만이 동거에 찬성했고, 장남과 차녀인 가운데 두 사람은 반대했다. 특히 장남인 타츠히코 삼촌의 반응은 시원찮았다. 생각처럼 회사 경영이 잘되지 않아 할아버지의 재산에 기댈 마음도 있었던 듯 했다. 가족회의는 점차 형제간의 싸움으로 양상을 바꾸어, 결국 재산을 사전 증여하는 것으로 이야기는 마무리되었으나, 아직도 형제 사이에 응어리가 남은 상태다. "서로 평생토록 해서는 안 될 말을 해 버렸어"라고 토모야의 어머니는 한밤중 부엌에서 소주를 홀짝이며 몇 번이고 한숨을 내쉬었다.

그렇게 주변 이들에게 수많은 상처를 주며 시작한 할머니와 유타로 씨의 동거는 채 5년이 되지 못해 끝나고 말았으니 그야말로 슬픈 이야기가 아닐 수 없다. 운전 중 한눈을 팔던 대형 트럭이 배달 중이던 유타로 씨의 라이트밴을 정면으로 들이받으며, 상대편 운전자와 유타로 씨 모두 그 자리에서

숨을 거두었다. 유타로 씨에겐 죄가 없다. 그러나 비 내리는 우츠노미야에서 시작된 자그마한 사랑은, 그때까지 편안하기 그지없었던 할머니의 인생과 가족 간의 화합, 그 모든 것을 엉망진창으로 만들어 버렸다.

고개를 들어 보니 할머니가 가까이에 서 있었다.

"뭐야, 인사하러 온 거니?"

할머니는 의외라는 듯 말하며 선향에 불을 붙이고 "유타로 씨, 토모야가 왔어요"라고 부르며 종을 울렸다. 그러나 토모야가 책상다리를 하고 앉은 채 위패를 노려보며 움직이지 않는 모습에 어깨를 움츠리고는 한숨을 쉬었다.

"뭐, 고생하지 않은 게 천만 다행이었지."

어느 새인가 할머니는 흰색 바탕에 노란 꽃이 잔뜩 그려진 고급스런 원피스로 갈아입고 있었다. "갈까" 하고 재촉하는 말에 토모야는 자리에서 일어났다. 할머니를 조수석에 태우고서 범퍼가 찌부러진 경차에 올라탔다. 우선 30분 정도 차를 달려 할머니가 다니는 개인병원의 신경외과로 향했다.

할머니가 진찰실에 들어간 사이 토모야는 대기실 한켠에서 스마트폰을 켰다. 게임 아이콘을 누르기 전, 새로 도착한 문자가 있음을 알리는 표시가 눈에 들어왔다. 발신인은 사토 코코미.

「토치기엔 벌써 도착했어? 할머님은 건강하시고?」

어젯밤 별생각 없이 흘린 이야기를 기억하던 거겠지. 엄지손가락으로 화면을 터치해서 답장을 쓰기 시작했다.

「건강하셔. 선물은 만두면 돼?」

이어서 '어제 얘기하긴 했지만'이라고 쓴 다음, 토모야는 천천히 글자를 지웠다. 만두면 돼? 로 끝나는 짧은 문장을 보내자, 몇 분 지나지 않아 이런 답장이 도착했다.

「만두 좋지! 기다리고 있을게. 네기니라*가 좋겠어. 토모야네 집에서 구워 먹자.」

밝고 통통 튀는 목소리가 머릿속에서 또렷이 들려왔다. 코코미는 토모야보다 한 살 많은 선배로, 그렇게까지 예쁜 얼굴은 아니지만 호리호리한 몸에 가슴이 큰 착실한 여장부 타입이다.

두 사람은 대학의 배드민턴 서클에서 처음 만났다. 상황파악을 하지 못한 채 갈팡질팡하고 있던 토모야와 다른 신입생들을 체육관 한편에 불러 모은 코코미는, 다 같이 웃으며 스트레칭과 근력 트레이닝을 하고, 고문 선생님의 이상한 별명을 가르쳐 주었다. 코코미의 목소리는 언제나 잘 울려 퍼졌다. 강하고 힘 있는 악기처럼.

그러나 어젯밤의 울림은 조금 달랐다. 브래지어와 팬티뿐인 무방비한 모습으로 세운 무릎을 끌어안고 몸을 흔들며, "저기 있잖아"라고 마치 남의 일인 것처럼 중심이 잡히지 않은 목소리로 가볍게 말했다. "서클 그만둘지도 몰라. 아르바이트를 늘려야 하나 하고 생각하고 있거든." 갑자기 말을 멈

---

* 파와 부추의 잡종

추고 토모야와 눈을 맞춘 코코미는 지금까지의 분위기를 쓸어내리려는 듯 산뜻하고 밝은 미소를 보였다. "서클에 귀여운 애들이 많긴 하지만 바람 피웠다간 가만 두지 않을 거야." 말을 끝내며 스윽 다리를 펴 토모야의 옆구리를 걸어찼다. 하얀 다리 안쪽이 부드러웠다. 발목을 붙잡고 발바닥 한가운데의 옴폭 패인 곳을 깨물자 꺄아꺄아 소리내어 웃으며 더 걸어찼다.

코코미의 집은 히가시나카노 역에서부터 조금 떨어진 거리에서 빵집을 운영하고 있다. 처음 사귀기 시작할 무렵 시청각실의 컴퓨터로 가게 홈페이지를 보여 주며 "이거 내가 만든 거야"라고 고구마와 긴토키 콩*을 넣은 빵의 사진을 보여 주었다. 세 번째 데이트 때에는 직접 가게에 놀러 가서 코코미의 어머니가 내 주신, 새로 개발한 유채와 치즈가 든 식사용 빵을 시식해 보았다. 길가에 핀 꽃처럼 지역밀착형 느낌이 나는 좋은 빵집이었다.

신상품이나 세일 안내 등으로 빈번히 갱신되던 그 홈페이지가 지난 두 달 가량 전혀 변하지 않았다는 건 이미 알아차리고 있었다. 해가 뜰 무렵 신주쿠의 호텔에서 나와 그대로 아르바이트를 하러 간다는 그녀와 헤어져 도쿄 역으로 향하기 전, 토모야는 몰래 중앙선으로 갈아탔다. 코코미네 집 앞에 도착하자, 개점 시간임에도 불구하고 가게 앞에 내려진 잿빛 셔터 위에는 '개인 사정으로 한동안 쉽니다'라는 종이

---

* 보랏빛 강낭콩의 일종

조각만이 쓸쓸히 붙어 있었다.

코코미의 아버지나 어머니가 썼을 손글씨를 보자 가슴 언저리로 찬바람이 술술 스쳐지나가는 느낌이 들었다. '하지만 난 아직 열아홉 살일 뿐이고 아무것도 할 수 없는 데다, 어른들도 함께 있으니 그렇게까지 큰 일이 벌어지지는 않겠지?' 그렇게 셔터에 붙은 종이의 여백에 기도하듯 애원했다.

"오래 기다렸지" 하고 부르는 목소리에 고개를 들어 보니 할머니가 떨떠름한 표정으로 손에 들린 스마트폰을 바라보고 있었다.

"요즘 애들은 다들 그거지. 눈 나빠진다."

"할머니 다리는 좀 어떻대?"

"움직이지 않으면 무릎이 굳어 버리니까 많이 걸어 다니라 하시는구나."

"자, 그럼 족욕탕에 들렀다가 장 보러 가는 걸로 할까."

여기서 차로 20분 정도 걸리는 곳에 시오바라 온천향이 있다. 그곳에 길이가 60미터나 되는 널찍한 족욕탕이 있는데, 할머니는 거기서 걸으면 무릎이 가벼워진다며 무척이나 마음에 들어 했다.

"너 늦어질 텐데 괜찮겠어? 자고 갈 거니?"

"내일 아르바이트는 오후부터니까 괜찮아. 자고 가도 돼? 기차 끊기면 자고 갈까."

혼자 사는 집에 돌아가 인스턴트 우동을 먹는 것보다 할머니가 손수 만든 저녁밥 쪽이 훨씬 더 호화롭고도 즐겁다. 토모야는 다시 한 번 할머니를 조수석에 태우고 고속도로를 타고 시오하라 방면으로 향했다. 골든 위크[*]가 다가온 탓인가 왠지 자동차의 수가 많은 기분이 들었다.

토치기, 시나가와, 하치오지, 요코하마, 우츠노미야, 이렇게 온갖 지역의 번호판을 바라보며 니시나스노시오바라 인터체인지에서 일반도로로 빠져나가, 나무며 풀의 색깔이 싱그러운 봄의 산 속으로 들어갔다.

온천향의 중간쯤에 있는 족욕탕 '웃포노 사토'는 할머니와 비슷한 연령대로 보이는 나이 지긋한 사람들과 관광 차 방문한 듯 보이는 젊은 남녀로 붐볐다. 카운터에 200엔을 내고 로커에 짐을 맡긴 뒤 양말을 벗은 다음 청바지를 무릎까지 걸어 올렸다. 지압용의 작은 돌이 바닥에 깔린 욕조에 살그머니 발을 디디는 순간, 뼛속까지 스며드는 둔한 통증에 비명이 새어나왔다.

"역시 아파, 무리야."

"아직 어리니까 발바닥의 피부가 약해서 그런 거야."

몇 걸음 만에 비틀대는 토모야를 뒤에 둔 채로 원피스 치맛자락을 잡아든 할머니는 막힘없이 앞으로 걸어 나갔다. 토모야는 할머니를 따라가는 것을 포기하고 적당한 벤치에 앉아 발끝을 참방참방 물에 담갔다. 스마트폰을 꺼내들고 다시 한 번 문자함을 열었지만, 도착한 문자는 없었다.

족욕탕은 한가운데 분수가 있는 둥근 연못을 빙 둘러싸는

---

[*] 일본에서 4월 말부터 5월 초까지 공휴일이 모여 있는 일주일을 말한다.

모양이었다. 욕조를 둘러싼 유리문과 창문이 열린 채라 바람이 잘 통한다. 일순 연못의 수면이 일렁이며 시원한 바람이 욕실 안을 스쳐 지나갔다. 산자락 근처에 위치한 덕에 공기 사이로 나뭇잎이 바스락대는 소리가 청량하게 들렸다.

익숙하지 않은 마을에 와서 온천에 발을 담그고 할머니를 도와드리며, 그날의 일정을 제멋대로 뒤죽박죽 바꿔 가면서 연인의 문자메시지를 바라보는 이런 게 좋았다. 자유롭고 편안하고 그 누구도 잔소리하지 않고 어떠한 책임도 없다. 어디라도 갈 수 있고 무엇이든 할 수 있을 것 같은 기분이 들었다. 가까운 산으로 달려가 적당한 나뭇가지를 붕붕 휘두르며 탐험 놀이를 하던 무렵의 들뜬 기분 같았다.

욕실 안으로 한 무리의 가족들이 들어왔다. 관광을 하느라 지친 건지 잠이 들어 버린 작은 아이를 품에 안은 아버지 뒤로 토트백과 전대물 주인공 일러스트가 그려진 배낭을 멘 어머니가 따라 들어왔다. "우와, 발 아파, 코이치 떨어뜨리면 안 돼요" 하는 말과 함께 부부는 웃으며 발가락을 움츠린 토모야의 앞을 지나쳐 가면서 앞으로 남은 여행 일정을 이야기하기 시작했다. 그 뒷모습을 흘끗 바라보자 마치 자신이 혼자 남겨진 외로운 인간이 된 것 같은 기분이 들어 토모야는 가만히 있지 못하고 스마트폰 화면을 켰다.

컬러풀한 퍼즐 게임을 하면서도 코코미네 집 앞 셔터에 붙어 있던 종이의 하얀색이 머릿속에 아른거렸다. '아르바이트를 늘려야 하나 하고 생각하고 있거든.' 개인 사정으로 한동안 쉽니다.' 새하얗고 부드러운 덩굴식물 같은 것이 손가락에 스르르 얽혀드는 느낌이 들었다. 한자로 쓰고 싶지도 않은 생활이라거나 고생 같은, 알 수 없지만 생생한 단어들이 코코미의 몸에서 넘쳐흘러 이쪽으로 뻗어오는 기분이 들어서 몸을 움츠렸다.

서클에서도 인기 만점이었던 코코미와 손을 잡고, 눈 내리는 날 편의점에서 산 초콜릿을 한 조각씩 나눠 먹으며 걷는 것은 최고의 행복이었다. 겨울뿐만이 아니다. 매화꽃이 핀 강변길도, 벚꽃 아래도 둘이서 나란히 걸었다. 코코미의 자그마한 손은 항상 토모야의 손보다 조금 차가웠고, 동그란 핑크빛 손톱이 반짝반짝 빛났다. "손이 좋아, 매끈매끈하거든" 이라고 말한 뒤부터는 예쁜 스톤을 붙이거나 꽃 모양을 그리는 등 섬세한 네일아트를 하고 나서 보여 주는 일이 많아졌다. 토모야에게는 어디까지나 부드러운 피부 감촉이 마음에 들었지만, 꾸미기 좋아하는 선배와 사귄다며 같은 과 친구에게 부러움을 사는 일은 기분 좋았다. 따뜻한 물에 잠겨 있던 발을 들어올렸다. 오후의 햇살이 하얗게 비치는 수면 위로 후드득 떨어지는 커다란 물방울이 파문을 그렸다.

길이가 60미터나 되는 욕조를 한 바퀴 빙 돌고 난 할머니가 이쪽으로 돌아왔다. 혈액순환에 도움이 된 것인지 원피스 아래로 보이는 마른 다리의 혈색이 아까보다 밝았다.

"뭐야, 여기서 가만히 있었던 거니?"

"할머니, 잘 갔다 왔어?"

"한 바퀴 더 돌고 올 테니 기다리렴."

"아, 할머니 잠깐, 기다려."

퐁당, 하고 수면 위에 파도를 일으키며 토모야가 할머니의 뒤를 쫓았다. 자갈돌에 찔린 발바닥이 아팠다. 그러나 욕조에 기댄 꼴로 자갈이 깔린 길을 걷는 것은 스스로를 피부가 약한 어린아이라고 인정하는 것 같아 억울했다.

"할머니는 유타로 씨랑 사는 것, 두렵지 않았어?"

"응?"

"타츠히코 삼촌이나 키누코 이모가 반대했었잖아."

"그 둘만이 아니었지. 너희 엄마도 처음에는 반대했었어."

물 위로 파문을 그리며 걸어갔다. 발바닥은 통증에 점점 익숙해졌다. 아픔은 변함없었지만 마음가짐이 바뀌고 있었다. 반환점에서 할머니는 잠시 쉬어 가자면서 발을 물속에 담근 채 바로 옆의 벤치에 걸터앉으며 이상하다는 듯 웃었다.

"너, 코코미랑 무언가 있는 거로구나?"

"알아차렸어? 사실…… 코코미네 집이."

"안 들을 거야. 두 사람 사이에 일어난 이야기잖아. 너희들끼리 어떻게든 해 봐."

"에이, 가족끼리 왜 이래. 냉정하게."

"그거랑은 다르지. 이제 엄마 치마꼬리를 붙들고 뒤를 졸졸 따라다니던 때와는 달라. 코코미와의 일은 스스로 결정하고 스스로 책임지도록 해. 무슨 일이 있을 때마다 바로 남의 의견을 들으려고 하는 건 어린애들이나 하는 짓이야."

유치하긴, 이란 말을 들은 것 같아 조금 화가 났다. 누가 운전한 덕분에 여기까지 와 있다고 생각하는 건지. 모르는 사이에 점점 말투가 날카로워졌다.

"남이 상담하려 하는데 그런 식으로 얘기하지 말고. 할머니가 제멋대로 결정해서 자기 의견만 밀고 넘어갔으니까 엄마나 삼촌, 이모들끼리 싸움이 난 거잖아? 엄청나게 민폐였다고. 타츠히코 삼촌도 예전엔 항상 우리 집에 한잔 하러 놀러 왔었는데, 엄마랑 싸우고 나서부터는 한 번도 오지 않게 됐고 말이야."

실수했다. 이런 말까지 할 필요 없는데. 생각을 하면서도 입이 멈추지 않았다. 지금까지 자신은 비교적 가족들 사이의 다툼 따위 어찌 되건 상관없다고 생각하던 터였다. 그러니까 이거야말로 그저 어린애 떼쓰기일 뿐이다. 할머니는 입을 다물고 한동안 흔들리는 수면만을 바라보더니, "그렇구나"라며 작게 중얼거렸다.

"애야, 이 다음에 한 군데만 더 들러도 괜찮을까?"

"상관없어……."

"그래, 그럼 나가자꾸나."

오랫동안 따뜻한 물속에 있었던 탓에 땀이 배어나오도록 몸이 뜨거워져 있었다. 아래쪽을 내려다보니 물에 잠겨 있던 무릎 아래 피부가 확연한 붉은 색이다. 새로 산 타월로 젖은 발을 닦은 뒤 자동차로 돌아왔다.

할머니의 지시대로 산길을 되돌아가다 중간에서 길을 꺾어 내리막길로 접어들자, 몇 분 지나지 않아 모미지타니 흔들다리라는 관광명소에 다다랐다. 커다란 흔들다리가 수량이 풍부한 강을 가로지르며 걸려 있다. 푸르른 산이 주위를 빙 둘러싼 아름다운 계곡이었다. 도쿄는 이미 벚꽃이 져 버렸건만 여기는 표고(標高)가 높은 덕인지 산 위로 안개처럼 피어난 산벚나무가 아직껏 함초롬히 빛나고 있다.

기념품 가게를 지나친 할머니는 매표소에서 두 사람 분의 요금을 지불하고 토모야를 불러 세웠다. 토모야는 나지막한 계단을 올라 흔들다리 앞에 섰다. 등골이 서늘해질 만큼 길고 곧은 다리가 상당히 먼 곳까지 뻗어 있었다. 안내판을 보니 320미터 정도 되는 모양이다. 발걸음을 떼기가 무섭게 앞에서 걷던 중년 여성이 다리 난간을 붙들고 주저앉아 있는 것을 발견했다. 몸 상태가 좋지 않은 건가 싶어 안색을 살피자 그녀는 창피한 듯 고개를 저었다.

"다리 아래를 내려다보니 생각보다 훨씬 높은 거야. 바람이 불 때마다 흔들리는 데다 한가운데는 철망 모양이라 그 틈새로 아래를 흐르는 강이 보인다고. 오싹해서 도저히 안 되겠어."

할머니는 별로 무서워하는 기색도 없이 앞으로 걸었다. 토모야도 여자에게 가볍게 인사하고 나서 발을 옮겼다. 그녀의 말대로 중간부터는 발판이 격자 형태의 철망으로 바뀌었다. 틈 사이로 발밑을 흐르는 강 표면이 반짝이는 것을 보자 등골에 식은땀이 흘러내렸다. 탁, 탁, 탁, 괴한을 떨쳐내려는 듯 발걸음에 속도를 높여 할머니의 등 뒤로 다가섰다.

"방금 전 그 사람은 고소공포증이라도 있던 모양이야."

"그래, 나도 처음엔 다리가 후들거려서 도저히 건널 수 없었지. 몇 번인가 오고 나서야 겨우 익숙해졌단다."

몇 번이나 할머니를 이곳으로 데리고 온 것은 유타로 씨일까. 다리의 한가운데에 도착한 할머니는 난간 위에 팔을 걸쳤다.

"타츠히코는 여자 형제밖에 없었기 때문에, 아버지가 일찍 돌아가신 뒤로 자신이 가족들을 지켜야 한다는 강박관념을 갖고 있었지. 이런 할망구가 혼자서 외지에 나간다고 한들 무슨 일이라도 있으려고. 쓸데없이 잔걱정이 많다니까."

"그렇지만 엄마도 걱정하는걸. 실제로 할머니는 지금 혼자 잖아. 앞으로 다리뿐 아니라 다른 곳도 점점 나빠질지도 모르는데, 다시 돌아오면 안 되는 거야?"

"유타로 씨의 묘가 이곳에 있으니까. 거기다 너희들 말대로 자식들 사이를 갈라놓은 것도 사실이고. 이제 와서 돌아갈 생각은 없어. 그게 내 멋대로 행동한 것에 대한 책임을 지는 거 아닐까."

고집부리기는, 하고 토모야는 생각했다. 할머니는 여기서 풍경을 구경하겠다고 했으므로, 토모야 혼자 다리 건너편까지 다녀오기로 했다. 사방을 둘러싼 봄의 산이 부드럽게 자신을 향해 흘러오고 있었다. 다리 건너편은 꽃이 핀 화창한 공원이었다. 토모야는 발길을 되돌려 이제 막 건너온 다리를 바라보았다.

할머니는 푸른 산을 등지고 있는 듯 보였다. 바람이 불 때마다 노란 꽃이 그려진 원피스가 팔랑거렸다.

다시 생각해 보면 토모야가 어린아이일 때 할머니는 적갈색의 밋밋한 웃옷과 빛바랜 청바지만 입었다. 때때로 토모야 말고 다른 손자들도 돌보아 주면서, 타츠히코 삼촌이 인수한 부동산 관리를 상담해 주거나 토모야의 엄마가 일에 관해 늘 어놓는 불만을 들어 주고, 이혼해서 혼자 아이를 키우는 키누코 이모를 격려해 주는가 하면 회사 기숙사에서 혼자 사는 막내 아츠코 이모에게는 채소나 밑반찬을 보내 주었다. 언제나 똑 부러지고 화장기 없이 수수한 모습을 한 채 든든한 가족의 가장으로 쭉 그 자리를 지켜 왔다. 토모야는 천천히 걸어서 할머니가 서 있는 다리 한가운데로 돌아왔다.

"할머니, 그 원피스 잘 어울려요."

솔직한 감상을 말했을 뿐인데 할머니는 미간에 주름이 질 정도로 얼굴을 찌푸렸다.

"너도 참 별 볼일 없는 남자로 자라서, 여자 인생을 엉망으로 만들겠구나."

"그게 무슨."

"하지만 그걸로 됐어. 코코미는 귀여운 아이니?"

"변함없이 굉장히 귀엽지."

"질리도록 말해 줘. 여잔 그냥 귀여울 수 있는 게 아니니까. 널 기쁘게 해 주려고 귀엽게 꾸미는 거란다."

네, 하고 아주 작게 고개를 끄덕이며 할머니와 함께 다리 초입으로 되돌아왔다. 방금 전 주저앉아 있던 여자는 기념품 가게 앞에서 일행과 함께 소프트 아이스크림을 먹고 있었다.

돌아오는 길에 슈퍼에 들러 필요한 것을 사고 난 뒤 할머니 댁으로 돌아왔다. 여기저기 들른 탓인지 정신을 차려 보자 이미 지칠 대로 지쳐서, 다시 한 번 먼 길을 되짚어 코엔지의 아파트에 돌아가는 게 별로 내키지 않았다. 물건이 어지럽게 놓여 있는 앉은뱅이 식탁 옆에 드러누운 토모야가 일부러 어리광을 부리며 말했다.

"아무래도 오늘은 자고 갈래."

"그러렴. 저녁식사 준비를 할 테니 적당히 쉬고 있어라."

통, 통, 하는 소리와 함께 할머니는 부엌에서 요리를 시작했다. TV 뉴스가 여섯 시를 알렸다. 툇마루에서 보이는 잡초가 무성한 정원도, 저물어 가는 산 풍경도 전혀 익숙한 데라곤 없지만, 할머니가 사는 집 거실에서 뒹굴고 있다는 사실만으로 초등학생 시절로 돌아간 것처럼 눈꺼풀이 무거워졌다.

정원 구석에 노란 꽃이 피어 있다. 옆집과의 사이를 가로지르는 철망에 무성히 우거진 덤불이 폭신하고 부드러워 보이는 꽃을 한가득 피우고 있었다. 스크램블 에그 같아, 라는 생각을 가장 먼저 떠올린 토모야는 자신이 공복 상태라는 것을 깨달았다. 찬찬히 바라보던 중 그 꽃이 낮에 할머니가 입

고 있던 원피스 무늬와 무척이나 닮았다는 것을 문득 알아차
렸다.

"할머니."

"응?"

"저 꽃 이름이 뭐야?"

해가 지는 정원을 손가락으로 가리키자, 할머니는 그쪽을
바라보더니 아아, 하고 고개를 끄덕였다.

"목향장미란다."

목향장미, 라고 따라서 중얼거리는 사이 의식이 스르르 녹
아들어갔다. 베개 대신 베고 있던 방석을 끌어안았다. 뺨에
스치는 다다미의 감촉이 기분 좋았다.

눈꺼풀 너머의 암흑 속에서 나지막한 목소리가 "안 돼"라
고 말했다. 그런 식의 말을 듣는 것이 무척 오랜만이라는 기
분이 들어, 벚꽃이 춤추듯 내리는 봄의 우에노 공원에서 멍
하니 코코미의 얼굴을 바라보았다. 하얗고 촉촉한 손가락이
토모야의 손가락 사이로 스르륵 얽혀 들어오더니, 손가락을
끝까지 밀어 넣고는 손바닥을 겹치듯 깍지를 끼었다. "매번
하던 건데"라고 대답하면, "안 돼, 피부가 엉망이 돼 버리잖
아"라고 진지한 목소리로 나무랐다.

서로 손을 잡은 채 꽃구경 나온 사람들로 붐비는 벤치와
잔잔히 빛나는 오후의 시노바즈노 연못을 바라보았다. 갑자
기 두근, 하고 심장이 뛰기 시작하며 모든 풍경이 뜨겁게 젖
어 갔다. 그 순간 어렴풋이, 이 사람과 평생 함께 할 수 있을

지도 모른다는 생각이 들었다.

"너 아직도 두드러기가 낫지 않았구나. 자면서 긁으면 안 돼."

한심하다는 목소리가 귓가에 내려앉은 탓에 눈꺼풀을 들어올렸다. 붉은 노을빛에 물든 정원은 어느 사이엔가 완전히 어두워져 있었다. "자" 하는 목소리에 돌아보자 할머니가 얼음주머니를 건넸다. 토모야는 무의식적으로 긁어대던 목덜미에 주머니를 가져다 댔다. 얼음이 후끈대는 가려움을 조금씩 빨아들이는 느낌에 가볍게 숨을 토했다.

저녁은 오징어 토란 조림과 방어 소금구이, 데친 모로헤이야*, 아스파라거스와 호박을 쪄서 마요네즈를 곁들인 것이었다. "끈적거려"라고 중얼대며 익숙지 않은 모로헤이야를 앞에 두고 망설이고 있자니, "영양가 있는 음식이니까 반찬 투정 하는 거 아니야"라고 아이 때와 똑같은 말투로 꾸지람을 들었다.

식사가 끝나고 토모야는 다시 한 번 뒹굴대며 스마트폰을 꺼냈다. 배터리가 바닥이 난 탓에 충전을 하며 문자를 불러왔다. 코코미가 마지막에 보낸 문자를 바라보며 답장 버튼을 눌렀다. 한동안은 화면처럼 머릿속도 새하얀 채여서 아무 생각도 할 수 없었다. 벚꽃이 팔랑 하고 눈앞을 스쳐지나갔다. 즐거웠다. 이어서 생각했다. 손가락이 얽힌다. 예쁜 손톱. 어젯밤엔 옅은 녹색에 선명한 빨간 스트라이프로 손톱을 칠하

---

* 동지중해에서 나는 채소의 일종

고 수박색이라며 웃고 있었다. 핥아 보아도 수박 맛은 나지 않았지만 대신 희미하게 여름 향기가 났다. 계절이 바뀌어 간다. 셔터 위에 붙은 종이를 떠올리자 손가락이 움찔 하고 움직인다. 자판을 두들겼다.

「새로 시작한 아르바이트는 몇 시에 끝나? 서클 끝나면 마중 나갈게.」

가능한 한 같이 있는 편이 좋겠다고 생각했다. 걱정이 되니까. 여러 가지 의미로 걱정된다. 우리들에게 있어서 이 세상은 두렵고 모르는 일투성이다. 걱정, 이란 단어가 떠오르는 것과 동시에 걱정, 이라고 쓰고 싶어졌다. 걱정, 걱정, 걱정. 그러나 코코미 또한 걱정하고 있었기 때문에 그런 목소리를 냈을 것이다. 솟아오르는 걱정을 삼키며 가능한 한 곁에서 바보처럼 밝은 이야기만 잔뜩 하자고 생각했다.

「또, 서클은 그만두지 않는 게 낫다고 생각해. 자격증이나 면허 공부로 쉬고 있는 선배들 있잖아. 그런 식으로 시간 나면 훌쩍 놀러 오는 편이 좋다고 생각해. 그러지 않으면 다른 녀석들이 내게 코코미 선배를 독점하지 말라며 화를 낼걸.」

'생각해'뿐인 문장이 되어 버렸지만 어쩔 수 없다. 한참 동안 문장을 바라보다 전송 버튼을 눌렀다.

한동안 답장은 오지 않았다. 앉았다 일어나기를 반복하는 사이, 목욕물 준비를 마친 할머니가 이상하다는 눈빛으로 이쪽을 바라보았다.

"뭐 하는 거니? 빨리 탕에 들어가렴."

"어 그게, 잠깐만."

"그럼 먼저 들어간다."

"응, 그렇게 해요."

별안간 스마트폰에서 명랑한 벨소리가 울렸다. 심장이 아플 만큼 두근거린다. 제대로 화면을 보지 않은 채 정신없이 녹색 통화 버튼을 누르고 전화기를 귓가에 가져다 댔다.

"여보세요?"

귓속을 파고든 건 어머니의 태평한 목소리였다.

"어, 토모야? 너 아직 할머니 댁에 있니?"

"뭐야!"

"어머, 왜 화를 내는 거야?"

"아무것도 아냐! 무슨 일이라도 있어?"

"아참, 할머니네 계단 전구 중 한 개가 망가진 거 아니? 얼마 전 갈아 끼우려고 새 전구를 사 두긴 했는데, 돌아오는 차 시간이 되는 바람에 그냥 왔거든. 할머니는 손이 닿지 않을 테니 네가 좀 갈아 두렴."

토모야는 스마트폰을 귀에 댄 채로 허둥지둥 전구를 찾아 돌아다녔다. 어머니가 말한 싱크대 아래에서는 찾지 못하고, 결국 화장실 옆에서 비닐봉투에 든 채 굴러다니는 전구를 발견했다. 선반에서 접이식 사다리를 끄집어내 계단참에 펼쳤다.

비닐봉투 속을 들여다보자 색과 모양이 다른 전구가 몇 개나 들어 있었다.

"이거 여러 종류가 있는데, 뭐가 계단에 쓰는 거야?"

"LED로 된 세로로 약간 길쭉한 거! 나머지는 화장실이랑 현관용 예비 전구니까."

얇은 유리로 된 둥근 물체는 만질 때마다 조금 긴장하게 된다. 조심스레 포장을 벗긴 전구를 한 손에 들고 사다리에 올랐다. 귓가에서는 어머니가 계속 종알대고 있었다.

"아, 잘됐다. 너한테 부탁해야지 해야지 생각하고 있었는데 완전히 잊고 있었어. 그러고 보니 오늘 밤엔 거기서 잘 거니? 그렇다면 정원 청소도 하고 신단(神棚)*의 먼지도 좀 털어 두고, 아 참 그리고 또."

어머니 외의 친척들이 얼마나 자주 할머니와 연락하는지 토모야는 모른다. 그리고 어머니가 왜 이토록 할머니의 시중을 드는 건지도. 맏딸이라는 의무감 때문일까. 낮에 할머니가 했던 말을 떠올리며, 내버려 두었다간 끊임없이 이것저것 할 일을 늘어놓을 것만 같은 목소리를 뚝 잘랐다.

"엄마, 처음엔 반대했다면서?"

"응?"

"할머니에게서 들었어. 처음엔 너희 엄마도 반대했었다고. 왜 반대하길 그만두고 지금은 이렇게까지 할머니 혼자 사는 걸 응원하는 거야?"

"할머니랑 그런 얘기까지 한 거야?"

놀란 듯 숨을 내쉰 어머니는 몇 초 동안 입을 다물었다. 토

---

* 신을 모시기 위해 집 안에 꾸민 제단

모야는 사다리 위에서 발돋움을 해 펜던트라이트 소켓에 새 전구를 끼웠다. 끼릭, 하는 소리와 함께 나사를 돌리며, 언제나 이 순간이 두렵다는 생각을 했다. 전구란 얇고도 쉬이 깨지는 것이니 너무 힘을 주어서는 안 된다. 손끝이 긴장한다. 전화기 너머로 어머니가 천천히 말을 꺼냈다.

"서로 막 말을 꺼내기 시작했을 무렵이야. 난 첫째 딸이니까 이 문제를 어떻게든 해결해야 한다는 생각에 용기를 내서 둘만 있을 때 할머니에게, 어른이니까 그런 식으로 여행지에서 사랑에 빠지는 볼썽사나운 짓은 그만두라고 말했었지. 그러자 할머니는 고개를 숙이고, 정말 수줍은 목소리로 이렇게 말했어."

토모야는 사다리에서 내려왔다. 손바닥에 남은 전구 포장지를 와그작 구기며 조명 스위치에 손을 뻗었다.

"새로 산 예쁜 원피스를 입고 누군가에게 보여주고 싶다는 거, 오랫동안 생각조차 해 본 적 없단다."

찰칵 소리가 나게 스위치를 누르자 새로 갈아 끼운 전구에서 대낮처럼 밝은 빛이 판자를 이어 댄 계단을 맑게 비추었다.

"우리들 형제자매는 어느 사이엔가 할머니는 이제 더 이상 욕심부리지 않고, 변함없이 이대로 계속 모두의 뒤치다꺼리를 하며 곱게 늙어 죽는 거라고 제멋대로 단정 지었던 거야. 할머니는 완고하고 착실한 데다 남을 잘 돌봐 주는 사람이었으니까, 계속 거기에 기대고 있었어. 내가 그 입장이었더라면 그런 성인(聖人) 같은 짓 할 수 있을 리 없는 주제에."

"하지만 유타로 씨는 죽어 버렸잖아."

"그러기 전 5년 동안 할머니에게 이것저것 예쁜 원피스를 입히고선 여러 곳에 데려다 주셨단다. 그것만으로도 감사 인사를 드리고 싶을 정도야."

고급 양갱 같은 묵직한 불단의 윤기가 눈꺼풀 아래에서 되살아났다.

"그렇지만 그런 건 전부 다 내 멋대로 느꼈을 뿐이니까, 타츠히코나 다른 이모들이 어떤 걸 느꼈는지는 나도 몰라. 아마 각자 다른 걸 느꼈을 테고, 그걸로 충분하다고 생각해. 그런 식으로 매듭짓고 나서 할머니는 우리들 뒷바라지를 그만두셨지."

사다리를 선반에 정리한 뒤, 토모야는 남은 전구를 싱크대 아래에 넣었다.

거실로 되돌아오자 파자마 차림의 할머니가 아홉 시 드라마를 보며 맥주를 홀짝이고 있었다.

"할머니, 방금 전에 엄마에게 전화 받고 계단 전구 갈아났는데."

"아, 그러고 보니 전구가 나가 있었지. 고맙구나."

"나 목욕하고 올게."

"난 슬슬 잘 거다. 네 이불은 2층 다다미방에 깔아 뒀단다."

"알았어, 안녕히 주무세요."

이전에 자고 갔을 때 두고 간 옷을 서랍에서 꺼내어 목욕타월과 함께 손에 들고 목욕탕으로 향했다. 물빛 타일을 붙인 좁고 낡은 욕실이다. 스테인리스로 만든 깊은 욕조에는 노송나무 향 입욕제를 푼 더운 물이 담겨 있었다. 식어 버린 물을 다시 데우는 기능이 없기 때문에 점점 차가워지는 물을 바가지로 퍼서 몸을 씻는 데 쓰고, 조금씩 뜨거운 물을 더했다. 할머니의 백발 염색용 샴푸 외에 토모야나 어머니가 자고 갈 때를 위해 준비해 둔 린스 겸 샴푸 병을 눌렀다. 머리칼에 쓱쓱 거품을 내면서 배수구 위에 소용돌이를 그리는 거품 섞인 물의 흐름을 바라보았다.

따스한 물에 발을 담근 채 '무섭지 않았냐'고 물었을 때, 할머니는 대답하지 않았다. 그러나 그렇게나 미약한 단 하나의 희망을 안고서 할머니는 유타로 씨와 사는 것을 선택했다. 오금이 저릴 만큼 높고 긴 다리를 때때로 둘이서 건넜고, 이제는 혼자서 건널 수 있을 정도로 익숙해졌다. 목향장미 무늬 원피스가 바람에 휘날렸다. 비누거품을 흘려보낸 뒤 풀빛을 띤 물에 몸을 담그고 숫자를 백까지 세며 몸을 덥히고 나서 토모야는 목욕탕에서 나왔다. 몸을 닦고 환풍기를 틀고 나서 잠옷으로 갈아입었다.

거실 불은 꺼진 상태였다. 할머니는 이미 침실에서 잠이 든 듯 했다. 부엌에 들러 냉장고에서 스포츠 음료를 꺼내 두 잔 정도 마셨다. 2층으로 향하던 도중, 거실 옆 불단이 놓인 다다미방에 오렌지색 등이 켜진 것을 알아차렸다.

선향의 향기가 진하게 풍겼다. 할머니가 자기 전 절을 했기 때문일 것이다. 호기심이 든 토모야는 슬그머니 다다미방 안으로 발을 들였다. 불단을 흘끔 바라보았다. 젊은 할아버지의 영정 사진과 호리카와 유타로라는 금빛 글자가 새겨진 위패. 새 선향 하나가 절반쯤 가늘고 긴 재가 되어 향로 한가운데 서 있었다.

종을 울리려다가 그만 두었다. 할머니에게 들키는 건 창피했다. 대신에 선향을 하나 꺼내들고 그 끝에 라이터로 불을 붙였다. 가볍게 흔들어 불을 끈 뒤 할머니가 꽂아 둔 선향 옆에 꽂았다.

두 손을 모으고 눈을 감는다. '아무쪼록 앞으로도 할머니를 지켜 주세요.' 그렇게 두 명의 할아버지에게 부탁드렸다.

벗어 둔 옷과 짐을 그러안고 2층으로 올라가 이불 속으로 기어들어가며 별 생각 없이 스마트폰을 켰다. 도착한 문자가 하나. 코코미가 보낸 것이다. 토모야는 저도 모르게 자리에서 튕기듯 일어났다. 떨리는 손가락으로 수신함을 열었다.

「문자 보내 줘서 고마워. 내일 몇 시쯤 돌아오는 거야? 도쿄 역까지 마중 나갈게. 그 근처에서 같이 점심 먹자. 이것저것 얘기하고 싶어.」

손가락 사이로 부드럽고 아름다운 손가락이 스르륵 얽혀든다. 그 손을 꼭 쥐고, 두려움에 떨며 높고도 긴 다리를 건는다. 토모야는 천천히 숨을 들이켰다. 머릿속이 구석구석까지 깨끗하게 맑아졌다. 조용한 가운데 스마트폰 화면 위로 엄지손가락만을 움직여 신칸센 시각표를 찾았다.

산처럼 쌓인 과자와 구운 오징어, 뒤쪽 텃밭에서 딴 아스파라거스와 햇감자, 정월에 먹다 남은 떡을 구운 카키모치. 여기까지 쑤셔 넣자 메신저 백이 터질 지경이 돼 버렸기 때문에, 토모야는 "이제 됐어, 더는 필요 없어!"라며 비명을 질렀다. 더 줄 것이 없는지 찾고 있던 할머니는 "그래?" 하고 아쉬운 듯 눈썹을 찡그렸다.

"조심해서 돌아가렴."

"네에."

툇마루에 걸터앉아 스니커즈를 신으며 토모야는 무거운 가방을 안아들었다. 정원으로 나가서 파자마 위에 짙푸른 색 카디건을 걸친 할머니에게로 몸을 돌렸다. 조금 외로운 것처럼 보이는 할머니의 얼굴을 바라보던 토모야는 슬쩍 입꼬리를 올려 웃었다.

"할머니, 기껏 잘 어울리는 원피스니까 억지로 고집부리지 말고 책임 같은 말도 하지 말고 얼른 다음 애인이나 찾아 봐. 할머니가 일본 어느 곳으로 이사를 간대도 놀러 갈 테니까. 할머니가 있는 곳이 내 고향이나 마찬가지고."

할머니는 잠깐 멍하니 두 눈을 크게 뜨고 있다가, 곧 어깨를 흔들며 웃기 시작했다.

"뭐니, 갑자기 건방져져서는! 싫어라, 넌 정말로 별 볼일 없는 녀석이 될 것 같구나."

눈꼬리에 주름을 지으며 할머니는 꽃이 핀 한 그루 나무처럼 계속 웃었다. 쑥스러움이 섞인 손길로 목덜미를 긁으며 토모야는 그럼, 하고 손을 흔들었다. 아쉬움을 뿌리치려는 듯 발길을 되돌려 역 쪽을 향했다.

변함없이 인적이 드문 조용한 플랫폼에서 기차에 올라타고 우츠노미야에서 내렸다. 도시의 소음이 갑자기 귀에 들어오자 무언가 압도당하는 느낌이었다. 비스듬히 멘 가방의 무게에 휘청대며 역사 안 매점에서 만두 몇 종류를 샀다. 우츠노미야 만두라고 해도 단 한 종류가 아니라 여러 가게에서 각각의 만두를 만든다는 사실을 알게 된 것은, 할머니 댁에 다니게 되고 나서부터였다. 코코미가 좋아하는 네기니라라는 희한한 채소가 든 만두도 두 상자를 사고 신칸센 승차장으로 향했다.

우웅, 하고 큰 바람을 안고 젖은 듯 반짝이는 차체가 플랫폼으로 미끄러지듯 들어왔다. 도쿄에 돌아가거든 제일 먼저 "손톱이 귀여워서 좋아"라고 말해 줘야지. 그리고 나서, 그리고 나서. 토모야는 근질근질 뛰고 있는 심장을 달래며 두 손 가득 선물을 움켜쥐고 자유석에 올라탔다.

탱자 향기가 풍기다

우츠노미야를 지난 근방에서부터 손끝이 차가워지기 시작
했다. 주먹을 쥐자 손가락 안쪽이 손바닥의 옴폭한 곳을 차
갑게 식힌다. 피부색이 하얗다. 긴장하면 항상 이렇다. 대입
시험이나 취업 활동 같은 인생의 분기점에 도착할 때마다 리
츠코는 얼어붙은 자신의 손을 마주잡곤 했다.

　옆자리에는 유키토가 고개를 기울인 채 꾸벅꾸벅 졸고 있
다. 기차건 버스건 탈것에 오르면 바로 잠들어 버리는 사람
이다. 신칸센은 진동이 적은 편이므로 더 쉽게 잠이 쏟아졌
을 것이다. 시원하고 담백한 눈꼬리에서 차가워 보이는 분위
기가 배어나오는 얼굴이지만, 자고 있으면 인상이 어느 정도
부드럽게 변한다.

　짧게 늘어선 유키토의 검은 속눈썹이 흔들리는 것을 바라
보며, 리츠코는 어젯밤 인터넷에서 확인한 내용을 복습했다.

시벨트*와 베크렐**의 차이. 방사선이 인체에 미치는 영향과 어느 정도 수치가 되면 몸 상태에 영향을 미치는지. 지진이 났을 때 피해를 입은 연안의 지명과 대략적인 사망자 수. 안 그래도 유키토의 부모님에게 결혼 상대자로 인정받아야 한다는 생각에 마음이 점점 조급해지는데, 이런 것도 모른 채 후쿠시마에 온 거냐는 식으로 보인다면 큰일이다.

몇 번인가 한숨을 쉬고 있자니 좌석 바로 옆으로 커피나 과자, 특산품을 가득 실은 이동매점 수레가 지나갔다. "안주, 맥주, 도쿄 특산품 등도 있습니다"라고 봄 기운 가득한 벚꽃색 스카프를 목 바로 옆에 맨 판매원 아가씨가 나지막하고 부드러운 목소리로 말했다. 리츠코는 그녀를 불러 세워 커피를 주문했다. "알겠습니다" 하고 고개를 끄덕이며 그녀는 적갈색 컵에 포트 안의 내용물을 따르기 시작했다.

그녀의 나이는 리츠코와 비슷한 20대 후반 정도로 보였다. 화장 솜씨가 좋은 건지 매끈한 옆얼굴에는 모공이 하나도 보이지 않는다. 눈꼬리가 조금 처진 커다란 눈, 쭉 뻗은 콧대와 로즈 핑크색으로 빛나는 모양 좋은 입술. 아름답게 정돈된 얼굴이지만 자세히 쳐다보면 웃을 때마다 입술 양 끄트머리에서 살짝 고개를 내밀듯 덧니가 보여 흔한 '예쁜 아가씨'가 될 뻔한 단조로운 그녀의 인상에 명랑함을 더하고 있었다.

리츠코는 검은 플라스틱 뚜껑이 덮인 컵을 받아들고 커피값을 지불했다. 리츠코에게 이끌린 듯 앞좌석에 앉은 남자도

---

* 방사선 등가 선량을 나타내는 단위
** 방사능 물질이 방사능을 방출하는 능력을 측정하는 단위

커피와 쟈가리코*를 주문했다. 감색 스커트에 싸인 엉덩이가 수레를 밀며 멀어져 간다. 리츠코는 뚜껑의 입구를 열고 뜨거운 커피를 홀짝였다. 울퉁불퉁한 종이컵 너머에서 전해져 오는 따스함이 얼어붙은 손가락에 천천히 스며들었다.

기차는 마침 전원지대로 진입했다. 창밖을 보자 써레질을 하기 위해 물을 대어 진흙 상태가 된 논 표면에 파란 하늘이 어스름 비치고 있었다.

건물이 낮고 듬성듬성하며 빌딩은 거의 눈에 띄지 않았고, 민가가 깨알만하게 보일 만큼 먼 곳까지 아무런 장애물 없이 건너다볼 수 있었다. 도쿄 23구 빌딩 틈바구니 속에서 태어난 리츠코는 신선한 기분과 동시에 너무나도 탁 트인 시야에 조금 불안함을 느꼈다.

아직 꽃이 피어 있는 벚나무가 때때로 담홍색 환영처럼 차창 밖을 흘러 지나갔다. 도쿄의 벚나무는 이미 대부분 꽃이 지고 초록빛 어린잎이 났는데, 후쿠시마에 들어서자 아직 싱싱한 담홍색으로 한가득 뒤덮인 벚나무가 여기저기서 보였다.

갑자기 "폐 끼치는 거 아니야"라고 말하는 까칠한 목소리가 귓가에 되살아났다. '넌 다른 애라면 엄마가 가르쳐 주었을 상식이 부족하니까, 제대로 하지 않으면 가족으로 인정받지 못할 거야.' 그렇게 말하며 할머니는 《인사 매너》라거나 《사랑받는 아내의 마음가짐》 같은 책을 보내 주었다.

---

* 일본 가루비(Calbee) 사에서 생산하는 감자과자의 이름

아버지와 어머니는 리츠코가 여섯 살 때 이혼했다. 어릴 적부터 리츠코는 아버지가 하던 일의 사정에 맞춰 이웃과 교류를 거의 못하는 관동 지방의 임대 아파트를 전전해 왔다. 아버지는 상냥했고 할아버지와 할머니는 언제든 부족함이 없도록 손녀에게 신경을 써 주셨다. 즐거운 일이 있는가 하면 싫은 일도 있는 지극히 평범한 환경이었으므로 딱히 성장 환경에 불만을 느낀 적은 없었다. 그러나 불만은 없었지만 불안한 것은 산처럼 많았다.

예를 들어 유키토네 가족은 증조할아버지 대부터 같은 지역에 살아서 동네 사람들 모두와 친하게 지내는 건 너무 당연한 일이었고, 유키토도 어릴 적에 자주 근방의 축제나 어린이 운동회에 참가했다고 한다. 어릴 때부터 한 곳에 녹아들어 뿌리를 내리고, 마을을 걷다 보면 마주치는 사람들에게 아무렇지 않게 말을 걸거나 처마 밑에서 세상 돌아가는 이야기를 하는 환경을 리츠코는 몰랐다. 그것이 당연한 사람들과 자신 같은 사람 사이에는 무언가 가치관의 차이가 있는 게 아닌가 하고 몸을 사리게 되었다.

후쿠시마가 이러쿵저러쿵 할 때가 아니었다. 리츠코는 창에 비치는 우울한 자신의 얼굴을 바라보며 그 사실을 깨달았다. 지진 이후 후쿠시마는 확실히 어려운 상황이라서 그곳에 사는 사람들과 만나는 일이 긴장되는 것은 사실이지만, 그게 가장 큰 이유는 아니다. 그것보다도 그저 사람 대 사람으로 만나서 서로 좋아하고 지금부터 함께 살아가자고 서른에 가까운 성인 두 사람이 결정했는데, 누군가에게 그 결정을 허락받아야 하고 그들의 마음에 들도록 가식적인 모습을 연기하며 스스로를 조정해야만 한다는 게 싫은지도 모른다. 자신과 상대의 소유권을 집이나 부모가 쥐고 있는 듯한 폐쇄감. 그러나 그런 점이 신경 쓰인다는 건 자신이 아직 어른이 아니라 어린애이기 때문일지도 모른다.

이윽고 논밭 사이로 드문드문 집이 나타나고 상점이 늘어서며 빌딩이 보이는 등, 풍경은 점차 도시의 빛을 더해 갔다. 짧은 멜로디에 이어 '잠시 뒤 코오리야마'라는 안내방송이 흐르자 리츠코가 유키토의 어깨를 흔들었다. 유키토는 몇 번인가 눈을 깜박이다가 "도착했나" 하고 중얼대며 눈이 부신 듯 바깥 풍경을 내다보았다.

차체가 부드럽게 멈춰 섰다. 두 사람은 선반에서 하루치 옷이 든 손가방과 선물이 든 종이봉투를 꺼내들고 다른 사람들의 흐름에 맞춰 플랫폼에 내렸다. 도쿄보다 조금 추웠지만 옷을 한 겹 더 걸칠 정도는 아니다. 리츠코는 여전히 졸려 보이는 유키토의 등을 떠밀며 계단을 내려와 개찰구로 향했다.

코오리야마 역은 도쿄 시내에 있는 최신식 역과 거의 비슷한 느낌이었다. 역 안은 카페나 잡화점 외에도 가까이 있는 쇼핑센터의 출입구와도 통해 있어 사람들로 북적였다. 출구 쪽으로 버스 로터리가 펼쳐지고, 은행과 패션 빌딩, 식당과 같은 체인점이 들어선 주상복합빌딩 등이 대로변에 늘어서 있었다. 신주쿠나 시부야처럼 엄청나게 큰 상권에는 못 미치더라도 충분히 번화하고 편리한 역 앞 풍경이다.

그런 익숙한 풍경 속에 외따로 태양전지판이 붙은 어린아이 키 정도의 하얀 기둥이 하나 서 있었다. 기둥 위편 전광판에 붉은 숫자 네 자리가 떠 있다. 0106. 이것이 TV를 통해 간간히 보던 모니터링 포스트*인가? 처음 보네, 하는 생각과 함께 머리 일부가 긴장하며 하룻밤 걸려 눌러 담은 지식이 스르르 흘러넘쳤다. 즉, 매시 0.106마이크로시벨트.

국내에서 방사능 제거를 시행하는 하나의 확실한 기준점으로 매시 0.23마이크로시벨트란 수치가 있다. 매년 추가피폭선량을 1밀리시벨트, 즉 1000마이크로시벨트까지 억제한다는 기준이 있는데 그것을 토대로 나눈 숫자이다. 그렇다면 이 숫자는 방사능 제거 기준이 되는 수치의 절반 이하라는 말이다. 그러나 원자력 발전소 문제나 방사능이 인체에 미치는 영향에 관해서는 여러 사람이 각기 다른 의견을 내고 있다. 이 기준은 너무 심하다고 하는 사람, 반대로 너무 허술하다고 하는 사람. 많이 읽으면 읽을수록 더 알 수가 없었다.

그런 이유로 0106이란 붉은 숫자를 본 리츠코의 머릿속에는 '뭐가 뭔지 잘 모르겠다'는 막연한 감상이 떠올랐다. 흔하디 흔한 봄날의 거리에서 이 작고 하얀 기둥 주변만이 무언지 알 수 없었다. 유키토가 "버스 온다"라고 부르는 소리에 리츠코는 황급히 로터리로 향했다. 차표를 끊고 2인석에 앉아 짐을 무릎 위에 올렸다.

---

*방사능 누출 여부를 감지하는 자동 관측 설비

유키토의 집은 역 앞에서 버스를 타고 20분 정도 걸리는 주택가에 있었다. 푸른 지붕의 이층집 현관 옆에는 장바구니가 달린 쇼핑용 자전거 한 대가 세워져 있었다.

"멀리까지 오느라 피곤하겠어요."

"아, 아뇨, 괜찮습니다. 오사키 리츠코입니다."

리츠코는 고개를 숙이며 도쿄 역에서 산 스카이트리 모양 초콜릿 과자를 내밀었다. 유키토의 어머니는 상자를 받아들며 "어머나, 이렇게까지 신경 쓰지 않아도 되는데, 고마워요" 하고 낭랑하게 웃었다. 그녀는 살짝 통통한 체형에 짧고 가지런한 헤어스타일을 하고 명랑한 웃음소리를 내는 사람으로, 긴장한 리츠코에게 곧바로 '리츠코야'라며 딸을 부르듯 말을 걸어 주었다.

햇살이 밝게 비치는 거실에는 어딘지 기가 세 보이는 유키토의 숙모와 조용하고 단아한 유키토의 형수 사나 씨, 그리고 사나 씨의 두 아이가 낮은 테이블을 둘러싸고 앉아 있었다. 아이들은 둘 다 아직 어린데, 한 명은 초등학교 저학년 정도의 사내아이, 또 한 명은 아직 기저귀도 떼지 못한 여자아이이다. 인원수만큼의 찻잔을 테이블 위에 놓으며 자리에 모인 가족들은 모두 즐거운 듯 유키토를 맞이했다.

"건강히 잘 지냈어?"

"좀 야윈 거 아니니?"

"'어' 아니면 '응'으로만 대답하다니 참, 넌 어릴 때부터 붙임성이 없긴 했지."

유키토는 어른스럽게 표정을 감추고 쏟아지는 대답에 고개를 끄덕이거나 가로젓기만 했다. 자신과 단 둘이 있을 때보다 훨씬 어린아이 같은 반응이라 리츠코는 묘한 기분을 느꼈다.

어딘가 눈에 띄지 않는 곳에 꽃다발이라도 놓여 있는 건지 방 안에 희미하게 달콤하면서도 차가운 꽃향기가 떠다녔다. 아이들이 가벼운 발소리를 내며 테이블에 둘러앉은 어른들 주변을 빙글빙글 돌면서 뛰어다녔다. 사내아이는 과자를 먹는 사나 씨의 등에 몇 번이고 부대끼며 어리광을 부렸다. 후쿠시마 사투리는 도쿄 말에 비해 조사가 몇 개인가 적어 속도가 빠르고, 평탄하게 시작해서 점점 말꼬리가 올라간다. 이야기 중 우연히 숙모가 유키토에게 물었다.

"너 지금도 그 장난감 판매 회사에 다니니?"

"어."

유키토는 신주쿠에 있는 포터블 게임 소프트 제작 회사에서 일한다. 이어서 리츠코의 직업을 물어 본 사나 씨가 출판 관련 디자인을 한다는 리츠코의 설명에 "어딘지 멋있는데"라며 부드럽게 웃었다. 어쩌면 비슷한 일을 하는 지인이 주변에 없어서 상상하기 어려운 건지도 모른다는 생각에 리츠코는 조금 미안한 마음이 들었다.

지방에도 있다면 있겠지만, 여러 회사와 손을 잡고 일해야만 하는 프리랜서 크리에이터는 교통이 편리한 도심에 모이는 경향이 있다. 이 사람들에게 소중한 둘째아들을 빼앗아가는, 가치관이 다른 도도한 여자 취급을 받고 싶지 않았다. 그게 아니면 생각을 너무 많이 한 걸까. 이 집에 오고 나서부터 계속 긴장으로 머리가 돌아가지 않았다.

"두 사람 다 평일인데 쉬는 거야?"

"난 이제 막 납품 끝내고 대체휴일 쓰는 중. 리츠코는 본인이 스케줄을 정해서 움직이고."

"흐음, 그쪽 일은 여러 모로 다르구나."

숙모가 첫 만남을 묻기에 "4년 전 친구가 주최하는 단체미팅에서요" 하고 리츠코가 대답하자, "어머나 유키토, 그런 식으로 여자를 만나는 거니!"라며 이상한 방향으로 이야기가 이어졌다. "어, 아니, 그런 이상한 게 아니라"라고 대답하는 사이에도 유키토는 별다른 표정 변화 없이 아이들과 놀고 있었다.

대략적인 근황 보고가 끝나자 대화는 천천히 끊겼다. 리츠코는 차를 홀짝이며 무언가 말을 이어나갈 화제가 없는지 머릿속을 훑었다. 아까 전부터 유키토는 전혀 도움이 되지 않았다. 손님인 리츠코가 이 집에 익숙해질 수 있도록 신경 써주는 기색은 조금도 없이 혼자 제멋대로 늘어져 있는 걸 보니 짜증이 났다.

화제를 찾던 중 역 앞에서 본 빨간 숫자가 팟 하고 머릿속을 스쳐지나갔다.

"그러고 보니 모니터링 포스트를 처음 보고 깜짝 놀랐

어요."

"아, 그렇군요."

"우리들은 이미 익숙해졌으니까요."

"이젠 '아, 오늘은 바람이 부니까 수치가 좀 높구나' 하고 생각하는 정도?"

"그래도 코오리야마 시는 그리 높지 않네요. 아까 역 앞에서 보니 방사능 제거를 시작해야 하는 수치의 절반 정도던 걸요."

확실히 알고 있어요, 라고 알릴 마음으로 말을 덧붙이자, 세 명의 여자는 쓴웃음을 지으며 어깨를 움츠렸다.

"그게 여러 군데 있거든. 높은 곳도 있고 낮은 곳도 있어요."

"이 근방이라면 뒤쪽의 대나무숲 근방이 아직 약간 높을 거야."

"아, 리츠코 씨 이거 볼래요? 관동 지방에서는 거의 보지 못했을걸?"

숙모가 옆 선반에서 손바닥 사이즈의 하얗고 네모난 기계를 꺼냈다. 마치 체온계처럼 자그마한 회색 액정 디스플레이가 붙어 있었다. 스위치를 켜자 얼마 동안 표시등이 깜박거리고 난 뒤 디스플레이에 0.12라는 숫자가 나타났다. 매시 0.12마이크로시벨트.

"일단 전에 나누어 줬으니 가지고는 있는데, 보통은 거의 안 봐요."

"그런가요?"

"봐도 '그래서 그게 뭐'란 느낌뿐이고."

숙모가 이런 것도 있어요, 라고 내민 설명서를 받아들었다. 설명서 중 일러스트가 그려진 간단한 방사선 피폭 조견도가 있었다. 예를 들어 치과 엑스레이 한 장이 10마이크로시벨트. 도쿄와 뉴욕을 비행기로 왕복하면 100마이크로시벨트. 국제 방사선 방호 위원회(ICRP)의 권고에 따른 의료피폭을 제외한 일반 대중의 연간선량한도는 1000마이크로시벨트. 손가락을 꼽아 0을 헤아리며 리츠코는 다시 한 번 눈앞의 작은 기계로 시선을 돌렸다.

매시 0.12마이크로시벨트. 단순히 생각하면 역 앞의 모니터링 포스트와 같이 연간으로 계산해도 1000마이크로시벨트에 훨씬 못 미친다. 인체에 영향이 있을지도 모른다고 하는 수치에 도달하려면 0이 두 개 정도 더 필요하다. 호들갑을 떠는 쪽이 이상하다는 생각이 들었다. 그러나 문제는 공간선량만이 아니었다. 농지에 스며들고 바다로 흘러들어간 방사성 물질에도 신경을 써야 하고, 만의 하나라도 방사선량이 기준치를 넘기는 농작물이나 수산물이 소비자의 입에 들어가지 않도록 계속적으로 검사해야 하니 큰 일이 아닐 수 없다.

유키토의 어머니가 차를 새로 가져와 바지런히 모두의 찻잔을 채웠다.

"미안해 리츠코, 시간 내서 와 줬는데 이런 거나 보여 줄 생각은 아니었단다. 우리라고 항상 이런 얘기만 하는 건 아니야."

"괜찮아요."

"그러고 보니 아버지랑 형은?"

어느새 테이블에서 떨어진 곳에 드러누워 조카를 배 위에
태운 채 정원과 이어진 유리문을 통해 들어오는 햇볕을 쬐던
유키토가 물었다.

"아직 사무소에 계셔. 저녁 땐 돌아오실 거란다. 저녁 식사
는 항상 먹던 초밥으로 하자."

어머니의 말에 대꾸하며 유키토는 따분한 듯 정원을 바라
보았다. 아버지의 취미인지 거실 정면에는 가지가 멋있게 뻗
은 분재가 여러 그루 늘어서 있었다.

아버지는 유키토와 꼭 닮은 얼굴이었다. 특히 눈가에서 느
껴지는 차가운 느낌과 코뿌리 쪽 뼈가 튀어나온 매부리코가
비슷하다. 유키토의 눈꼬리에 주름이 파이고 머리숱이 줄어
들고 전체적으로 살이 빠진다면 아버지의 모습이 된다. 반대
로 유키토보다 머리 반 개 정도 키가 큰 형은 둥근 얼굴형에
사람 좋아 보이는 눈길이 어머니와 닮았다. 유키토의 아버지
는 법률사무소를 운영하며 형도 그곳에서 일하고 있다고 한
다. 언젠가는 형이 아버지 뒤를 이을 것이다.

저녁이 되자 사람 수만큼 주문한 초밥이 도착했다. 그 외
에도 어머니가 만든 치쿠젠니*와 된장국이 테이블 위에 올랐
다. 어른들 몫은 고급 초밥, 아이들 것은 연어와 연어알, 그

---

* 닭고기에 각종 채소를 넣고 달콤짭짤름하게 조린 음식

리고 벚꽃색 생선 보푸라기와 곱게 썬 노란 달걀지단이 꽃밭처럼 배치된 작은 치라시즈시였다. 맥주로 건배하고 나서 온화한 분위기 속에 모든 사람이 식사를 시작했다.

치쿠젠니도 된장국도 리츠코네 집보다 간이 센 편으로, 밑국물 향이 확실히 배어 있었다. 무언가 요리를 만들 때마다 유키토가 "리츠코가 만든 건 밍밍해" 하고 말한 이유를 알 것 같다. 집에서 담근 겨절임도 잘 익은 새콤달콤한 맛이 입에 딱 맞았다. 유키토를 포함한 남자들은 별로 입을 열지 않았고, 주로 여자들의 명랑한 목소리가 거실 안 가득히 이야기꽃을 피웠다.

초밥은 횟감이 크고 호화로웠다. 분명 비싼 것을 주문했을 것이다. 심홍색으로 반들대는 질 좋은 참치, 탐스럽고 촉촉한 성게알과 투명한 오징어에 벚꽃색 도미. 무엇부터 먹어야 하나 하고 젓가락이 허공을 헤매던 중, '생선인가' 하고 생각했다. 아직 원자력 발전소 사고를 수습하지 못했다. 어제도 바다로 오염된 물이 유출되었다고 보도된 직후이다. 순간적으로 주저하는 리츠코의 마음을 간파하기라도 한 듯 TV 버라이어티 쇼를 보며 웃던 유키토의 어머니가 아무렇지 않게 말했다.

"리츠코, 그 초밥집은 아주 오래 전부터 알고 지내는 사이야. 게다가 제대로 검사받은 안전한 생선만 사용하고 있으니 안심하고 먹어도 돼."

"아, 네."

'믿어 줘'란 말을 들은 것 같아서 얼굴이 뜨거워졌다. 그래, 모처럼 이런 호화로운 음식을 대접받으면서 난 대체 무슨 생각을 한 걸까. 당황해서 보석 같은 도미를 한 점 입에 넣었다. 천천히 씹자 향기로우며 달큰한 기름이 입 안 가득 퍼져 나갔다.

리츠코가 "맛있어" 하고 무심결에 입 밖으로 말을 내뱉자 테이블을 감싼 공기가 한순간 부드러워졌다. "그러게, 오늘 건 맛있어"라고 옆자리에 앉아 있던 사나 씨가 맞장구를 쳤다. "도미가 제철이라 색이 곱구나" 하며 숙모도 말을 보탰다. 치쿠젠니도 된장국도 겨절임도 테이블에 오른 것은 전부 다 무척 맛있었다.

식사 뒤 접시를 정리해서 부엌으로 옮겼다. 리츠코가 설거지를 도우려 하자 어머니는 "집에서 늘 하잖아? 괜찮으니 오늘 정도는 쉬어"라고 웃으며 고개를 저었다.

두 사람이 동거하는 건 알고 계시겠지만, 두 사람 다 직장에 다니기 때문에 평일에는 집안일을 반씩 나누어 하고 있었다. 그래도 어머니 입장에서는 자신의 아들이 접시를 닦는 모습을 상상하기 힘들 것이다. 혹은 항상 설거지를 하지 않으면 며느리로서 불합격이란 무언의 압력인지도 모른다.

쓸데없는 이야기는 입 밖으로 꺼내지 않는 편이 좋겠지, 하는 생각에 애매하게 웃으며 리츠코는 젖은 접시를 행주로 닦는 일만 도와 드렸다.

"유키토는 굉장히 말이 없고 멍하니 앉아 있잖아. 형의 그늘에 가려서 어릴 때부터 그랬어. 그래서 이런 도시 아가씨를 데리고 온다는 말에 깜짝 놀랐단다."

"확실히 별로 말수가 많은 편은 아니에요."

그러나 유키토는 멍하니 있다기보다는 주변을 잘 살피는 편이라고 생각했다. 처음 만났던 미팅 자리에서도 인사불성이 되도록 취해 있던 멤버에게 자연스레 자몽 주스를 가져다주었다. 그러나 집에 온 이후로 유키토는 확실히 어머니가 말하는 대로 도쿄에서 생활하던 때보다 자기주장이 약해진 모습이었다. 남자란 집에 돌아가면 본모습을 숨기는 것일까.

설거지가 끝나자 어머니가 목욕을 권했다. 거실에서는 아직 유키토와 아버지가 야구를 보며 맥주를 마시고 있었다. 형네 가족과 숙모는 모두 걸어서 갈 만한 거리에 있는 각자의 집에 돌아간 듯 했다.

"아, 안 되겠어. 기가 빠져 있잖아. 이 녀석은 항상 중요한 타이밍에서 벌벌 떤다니까."

"그래도 난 저 선수 좋아하는 편인데. 어딘지 미워할 수 없달까."

유키토의 말투는 아버지나 어머니처럼 독특한 억양이 있는 후쿠시마 사투리로 바뀌어 있었다. 갑자기 맥주를 마시는 옆모습이 다른 사람의 얼굴처럼 보여 가슴에 작은 파도가 일었다. 주변에서 사투리를 쓰면 자연스레 습관이 튀어나오는 건지도 모른다. 두 사람이 모두 시합에 정신이 팔려 있는 덕에 감사하게도 리츠코가 제일 먼저 목욕탕을 쓰기로 했다.

탈의실에 막 꺼낸 목욕 타월과 핸드 타월이 걸려 있었다. 리츠코는 옷을 벗고 욕실로 들어갔다. 황록색 타일이 붙은, 오래되었지만 청결한 목욕탕이다. 깨끗이 닦인 스테인리스 욕조에 따스한 물이 넘실거린다.

찰박, 하고 어린아이였던 시절의 유키토가 맨발로 젖은 바닥을 밟는 소리가 들린 듯 했다.

'이 집에선 역시나 희미하게 꽃향기가 난다.' 그런 생각을 하면서 2층의 다다미방에 깔린 이불 위에 드러눕자, 계단에 발소리를 울리며 유키토가 올라왔다. 목욕을 끝내고 온 건지 가지고 온 잠옷으로 갈아입은 유키토는 아직 물기가 남은 머리카락을 타월로 닦았다. 리츠코에 이어 아버지, 어머니, 유키토의 순서대로 욕실을 사용했다. 리츠코는 목욕을 마치고 나서도 도쿄에서의 습관대로 어머니와 거실에서 이것저것 이야기를 나눴다. 어머니는 아라시*의 마츠모토 준을 무척 좋아해서 그가 나오는 드라마를 전부 녹화하고 있었다. "이번 로케이션 하는 곳에 같이 가요"라고 리츠코가 도쿄 관광을 권했고, 유키토가 마지막으로 목욕을 하러 자리에서 일어나면서 이야기는 끝이 났다.

"부모님들은?"

"이미 잠자리에 드셨어."

"그래."

---

* 일본의 남성 5인조 아이돌 그룹

후우, 하고 크게 숨을 내쉬며 유키토는 나란히 깔린 이불 위로 몸을 눕혔다. 큰일을 하나 마쳤다는 듯이 늘어진 표정을 보자 이유 없이 화가 나서, 리츠코는 최근 앞머리가 벗겨지기 시작한 약혼자의 이마를 찰싹 때렸다.

"아야!"

"왜 아버님 어머님 앞에서 딴청 부리고 있는 거야? 말 좀 더 해 봐. 나 혼자 얘기하려면 힘들다고."

"무슨. 난 원래 집에서 이런 식이었다고. 일부러 떠들어 대는 것도 이상하잖아."

'정말 도움이 안 되네.' 또다시 초조함에 아랫배 부근이 부글거렸다. 그러나 여기서 싸워 봤자 좋을 게 하나도 없다. 하아, 하고 한 번 숨을 토한 리츠코는 조금 토라진 것 같아 보이는 유키토를 내려다보았다. 막 목욕을 끝마친 그는 기분 탓인지 어린애 같은 표정이었다.

"집의 목욕탕은 어때. 그립지 않았어?"

"조금은. 어딘가 전보다 낡은 것 같지만."

"후쿠시마 사투리를 써서 놀랐어."

"내가 말할 때 사투리 썼었나?"

"스스로는 잘 모르나보지?"

아래층에 있는 두 사람을 깨우지 않기 위해 자연스레 목소리가 낮아졌다. 유키토는 천천히 눈을 깜박였다.

"우리 부모님이 그렇게 긴장하는 거 오랜만에 봤어."

"아아, 그렇구나."

"초밥 먹을 때도 말이야. 평상시라면 그렇게까지 떠들지 않거든. 우리 집은 예전부터 축하할 일이 있을 때마다 그 집에서 초밥을 시켜 먹지만, 외부 사람이 방사능을 어느 정도 신경 쓰고 있는지 알 기회가 없었으니 리츠코가 어떻게 생각하는지 신경 쓰였겠지."

"으음. 도쿄에서 TV를 볼 때 후쿠시마 관련 뉴스가 나온다는 건 원자력 발전소 사고의 복구 작업 중 무언가 나쁜 일이 생겼을 때가 많잖아. 오염된 물이 이만큼 새어나온다거나, 설비가 파손되어 있다거나. 저녁 톱 뉴스로 짜잔 하고."

"응."

"그러니까 후쿠시마라고 하면 힘들다거나 사정이 안 좋겠다거나 오염되었다거나 하는 그런 사고랑 관련된 심각한 인상만 점점 커져서, 장을 보거나 일을 하거나 분재를 키우고 응석부리는 아이를 달래는 일상적인 생활의 모습과 이미지가 멀어져 버린 건, 솔직히 말해 있어."

유키토는 천정을 올려다보며 생각에 잠겼다가, 이윽고 베개에 팔꿈치를 대고 손으로 턱을 괸 채 이쪽을 향했다.

"안전한 먹거리가 유통되고, 모니터링 포스트의 수치도 변함이 없습니다. 그러므로 변함없이 평범한 생활을 하고 있습니다, 라고 하면 뉴스거리가 되지 않으니까."

"호화로운 초밥을 대접해 주셔서 정말 기뻤어. 요리도 전부 맛있었고, 모두가 나를 환영해 주는 걸 확실히 느꼈어."

"응."

전등을 끄고 서로에게 잘 자란 인사를 남기고 나서 두 사람은 각자 이불 속으로 파고들었다. 리츠코는 어두운 천정을 가만히 바라보았다. 오늘 하루 동안 본 풍경이 천천히 눈앞을 흘러갔다. 신칸센의 차창, 코오리야마 역 앞 풍경, 햇볕이 잘 드는 거실. 모르고 있으면 실례일 거라고 생각해서 급히 외웠던 숫자와 지식. 유키토의 가족들은 설사 자신이 지진이나 원자력발전소 사고에 대해 아무것도 모른 채 방문했더라도 새로운 가족의 한 사람으로 따뜻하게 맞이해 주었을 것이다. 오히려 평범한 생활을 하는 사람들이 사는 곳에 그런 걱정을 하며 찾아온 쪽이 더 큰 실례였던 건 아닐까. 리츠코는 떨떠름한 생각을 지우지 못한 채 잠자리에서 뒤척였다. 부드러운 향기가 코끝을 스쳤다.

"집에서 뭔가 꽃향기가 나지 않아?

"탱자 향기일걸."

"탱자?"

"아마도, 집 뒤편 산울타리에. 하얀색 꽃이 피지."

"그렇구나. 손 차가워. 잡아 줘."

"응."

아직 촉촉한 유키토의 손이 리츠코의 차가워진 손을 감싸더니 그대로 자신의 이불 안으로 잡아당겼다. 유키토의 허리부근에 손이 놓이자, 잠옷 너머로 피부에 전해지는 체온이 느껴져 리츠코는 안심하고 눈을 감았다.

"유키토는 이 집에서 자랐구나."

"응."

"뭔가 이상해. 즐거웠어?"

"어땠을까."

눈꺼풀 너머의 어둠 속에서 유키토가 띄엄띄엄 중얼거렸다.

"너무 잘난 형을 둔 덕에 항상 비교당하는 게 싫었어."

"흐음."

"내과 의사였던 할아버지는 본인이 상당히 우수한 사람이니까 아들이나 손자도 모두 의사나 변호사, 적어도 지역에 공헌하는 공무원이 아니면 안 된다는 분이셨거든."

"좀 심하셨네."

"맞아. 내가 의외로 심한 소릴 들었다는 것마저 취직해서 도쿄에 가기 전까지는 몰랐어. 그러니까 이 집에 있는 동안 나는 나 자신을 별로 좋아하지 않았지."

그래서 집에 대한 이야기는 별로 하지 않았던 걸까, 라고 리츠코는 살짝 납득했다. 유키토에게 있어 좋은 일도 나쁜 일도 모두 포함한 여러 가지가 바로 이 집이다. 리츠코에게 있어 집이 그런 의미인 것처럼.

"나도 유키토네 회사에서 만드는 게임 좋아해. 하고 있으면 재미있거든."

"그거 참 고마운걸."

나지막한 웃음소리가 고막을 울린다. 한 계단 한 계단, 계단을 내려가는 것처럼 의식이 멀어져 간다. 잡고 있는 손이 따스했다.

"하지만 내 편이 있었어."

"응?"

"사부로라는 이름의 시바견*이었지. 이미 무지개다리를 건너 버렸지만, 내가 천방지축이었을 때 아버지께서 네가 잘 돌봐 주라면서 데리고 오셨는데⋯⋯."

유키토의 목소리가 잠기운에 녹아들어간다. 리츠코는 "그래" 하고 맞장구를 쳐 주었다. 잠의 바다에 빠져들기 직전, 핫케이크 빛깔의 시바견을 데리고 진한 향이 풍기는 울타리 사이를 짜증스런 표정으로 빠져나가는 고등학생의 뒷모습이 보인 기분이 들었다.

다음 날 아침, 달걀 프라이와 홍연어, 데친 시금치에 가다랑어포와 간장을 친 음식이 오른 식탁에서 유키토의 아버지는 문득 생각이 난 듯 입을 열었다.

"너희 둘 다 오늘도 쉬는 날이라고 했을 텐데. 그렇다면 어딘가 구경이라도 하고 오는 게 좋지 않겠냐?"

차를 준비하던 어머니도 웃으며 고개를 끄덕였다.

"그러게, 기왕 여기까지 왔는데 좀 놀다 가렴. 아이즈에선 이제 막 드라마를 찍는 중이고, 이와키 쪽도 수족관과 하우스텐보스**를 복구했으니까. 유키토, 리츠코를 데리고 어딘가 다녀오려무나."

---

* 시바이누. 일본의 토종개이며 현재 천연기념물로 지정되어 있다.
** 일본의 테마파크. 유럽의 거리를 그대로 재현하여 이국적인 풍경을 즐길 수 있는 곳이다.

아이즈와 이와키의 지리적 관계를 잘 몰라서 뒤를 돌아보자, 유키토가 일에 지장이 없냐고 묻고 싶은 듯 눈을 맞추었다. 리츠코는 다음 주 예정을 머릿속에 주욱 떠올려 보았다. 딱히 급한 안건은 없다. 오히려 자신을 대접하는 일에 불안감을 가지고 계신 듯한 아버지와 어머니의 심정을 생각해 보면 어딘가 들렀다 오는 편이 더 나을지도 모른다.

"가 보고 싶은데."

유키토는 고개를 끄덕이고 "그럼 이와키 쪽에라도 다녀올까" 하고 스마트폰을 꺼내 교통수단을 찾기 시작했다. 얼른 준비를 마친다면 코오리야마 역에서 출발하는 반에츠토센 * 중 적당한 시간에 출발하는 차량을 탈 수 있었다. 어머니가 밝은 표정을 지었다.

"반에츠토센이라면 중간에 나츠이의 센본자쿠라가 보일지도 모르겠네."

"나츠이의 센본자쿠라?"

"벚꽃이 아름답기로 유명한 곳이야. 반에츠토센은 운행 횟수가 적으니까 보통 이와키 쪽으로 갈 땐 고속버스를 이용하거든. 하지만 기차로 가는 편이 벚꽃 보기엔 더 좋으니까, 리츠코는 운이 좋구나."

"센본자쿠라는 아직 이른 거 아냐?" 하고 대화를 듣고 있던 아버지가 고개를 갸웃거렸다.

"그 주변은 보통 골든 위크 때가 최고조일 텐데."

---

* 이와키~코오리야마 구간을 운행하는 기차 노선 이름

"그러네요, 일주일만 더 있었으면 꽃이 잔뜩 피었을 텐데. 하지만 절반쯤 핀 것도 충분히 예쁘니까, 가서 보고 오렴."

명소 관광을 권하는 유키토의 부모님은 지금까지 본 중 가장 기쁜 표정으로 웃었다. "가려고 마음먹었으면 얼른 가야지"라는 재촉에 리츠코는 식사를 마치고 테이블에서 일어났다. "설거지는 신경쓰지 않아도 되니까 리츠코는 늦지 않도록 준비하렴. 세수할 거지? 타월 꺼내 줄 테니 기다려" 하고 어머니 쪽이 더 황급히 준비하기 시작했다.

20분 뒤 "여러 모로 신세 지고 갑니다"라고 리츠코는 유키토와 함께 현관 앞에서 작별 인사를 했다. "이와키에서 무언가 살지도 모르지만 이왕 온 김에 가져가거라" 하며 유키토의 아버지는 코오리야마의 유명한 과자인 '마마도루'와 '쿠루미유베시', 조그만 치즈케이크에 레몬 향을 입힌 '레모'를 가득 담은 종이봉투를 건네주었다. 리츠코는 고맙게 받아들며 고개를 숙였다.

"또 놀러 와요."

"네."

두 사람은 손을 흔들며 유키토의 집을 나서서는 버스 정류장을 향해 발을 옮겼다.

"리츠코, 이거 봐. 탱자야."

리츠코는 유키토가 팔을 잡아당기는 바람에 뒤를 돌아보았다. 그가 가리키는 집 뒤편의 부엌문 옆 산울타리에서 구불구불한 가지에 파묻히듯 하얀 꽃이 무수히 얼굴을 내밀고 있었다. 확실히 그쪽에서 고고하고 상쾌하면서 어딘가 독특한 향이 풍겼다. 우아한 꽃이라고 생각하며 가까이 다가간 순간 하얀 꽃을 품은 가지 끝이 굵은 가시를 비죽이 내밀고 있는 걸 발견하고, 의외의 거친 모습에 깜짝 놀랐다.

"영화 '잠자는 숲 속의 공주'에 나오는 장미덩굴 같아."

"대단하지. 향기도 좋고 방범 효과도 있어서 엄마가 참 좋아하셔. 열매도 딸 수 있고. 과실주를 담글 때 쓰지. 하지만 안쪽에 열린 열매를 따려고 하면 가시에 팔이 긁혀 상처투성이가 돼 버려."

탱자 향기는 한동안 피부에 스미듯 두 사람의 뒤를 따라왔다.

흔들리는 버스를 타고 코오리야마 역 앞으로 돌아와, 출발 5분 전에 플랫폼 제일 끄트머리에 서 있는 반에츠토센에 올라탔다.

"그래서 나, 괜찮았어?"

박스석에 서로 마주앉아서 묻자, 유키토는 잠시 무슨 말인지 이해하지 못했다는 듯 고개를 갸우뚱했다. 눈치 없는 모습에 조금 화가 치밀어 올랐다.

"응?"

"그러니까 있잖아, 아들이 데려온 약혼자로서 이상하지 않았냐고. 부모님의 반응을 보면, 미움받고 있는 건 아니지? 괜찮았어?"

"괜찮겠지. 얼굴 보여주러 온 것뿐이니까 그렇게 세세한 건 아무도 신경 쓰지 않는다고."

유키토의 얼빠진 대답에 리츠코는 어깨에 힘이 빠지는 기분이었다. 이 아들이라는 바보 같은 생물은 어머니가 자신을 향해 던진 "설거지라면 집에서 늘 하고 있잖아?"란 질문에 담긴 속내 따위 평생 알아차리지 못할 것이 분명했다.

"정말 싫다. 왜 남잔 이런 때 전혀 도움이 되지 않는 거야?"

"그렇게 생각할 거라면 처음부터 묻지 말라고!"

말다툼하는 사이 기차는 시가지 몇 군데를 지나고 강을 건너 숲을 벗어나 어린잎이 넘치는 봄의 산 속으로 들어갔다.

"아까 전 아버님이 하신 말뜻을 잘 모르겠어. 왜 다른 곳의 벚꽃은 활짝 피었는데 나츠이란 곳만 피는 시기가 늦은 거야?"

"그 주변은 아부쿠마 고지(高地)라 표고가 높아. 후쿠시마 현은 니가타에 가까운 아이즈와, 방금 전 우리가 있었던 코오리야마 시를 포함한 오우 산맥과 아부쿠마 고지 사이에 끼인 나카도리, 지금부터 우리가 가려고 하는 이와키가 포함된, 태평양에 접해 있어 따뜻한 하마도리, 이렇게 동서 3개 지역으로 나뉘어 있고 각각 기후도 전혀 다르거든."

"흐음, 그럼 지역에 따라 분위기도 상당히 바뀌겠네?"

"바뀌지. 따뜻한 덕분에 토호쿠의 하와이라는 이름으로 마을 부흥 운동을 하고 있는 이와키 시와 일본에서도 손꼽히는 폭설지대인 아이즈가 같은 현 안에 있으니까."

유키토는 어깨를 움츠리며 이상하다는 듯 웃었다. 그만큼 후쿠시마가 커다란 현이라는 뜻이다.

딩동, 하고 유키토의 스마트폰이 울렸다. 문자가 도착한 것 같았다. 화면에 손가락을 갖다 댄 유키토는 "오" 하고 짧게 소리쳤다.

"뭔데?"

"아니, 이와키에 대학 시절 동급생이 살고 있어서 연락을 해 봤거든. 낮 동안에는 시간이 있으니 차로 안내해 주겠다는데. 이와키 역에서 기다리고 있겠다고."

"잘됐네. 친구는 어떤 사람이야?"

"투박하고 흘끗 보기에 다가가기 어려워 보이지만 좋은 녀석이야. 아마 고향에 있는 회사에서 한동안 일한 뒤 아버지가 운영하는 국숫집을 이어받지 않았나 싶은데."

덜컹덜컹 하고 기차가 느릿하게 흔들렸다.

같은 차에 타고 있는 아주머니 두 사람이 아까 전부터 이야기를 나누고 있다. 독특한 억양 때문에 리츠코는 무슨 이야기를 하는 건지 거의 알아들을 수 없었다. 그러나 유키토는 두 사람이 나누는 이야기를 확실히 알아들을 수 있겠지. 도쿄에서는 누구보다도 가까운 두 사람이었지만, 이곳에서는 나의 존재보다 더 깊이 유키토에게 스며들어 있는 것이 있다. 음미하듯이 생각하며 리츠코는 멍하니 차창을 바라보았다. 좋아하는 사람이 나고 자란 이곳이 사랑스러우면서도 그와 비슷한 만큼 짜증스러운, 묘한 기분이다.

"나 있잖아, 무슨 이유에서인지 침착할 수 없었어. 지진이 났던 때 말이야."

언제나처럼 바깥 풍경을 바라보며 꾸벅거리고 있던 유키토가 눈을 깜박이며 이쪽을 향했다. 무언의 재촉을 받으며 리츠코는 말을 이었다.

"사귀고 나서 반년 정도 지났을 때인가."

"아아."

"항상 함께 있는 유키토의 고향인데도, 가타카나로 후쿠시마라고 불리게 된 무렵*부터 어딘가 굉장히 특별하고 먼 곳이란 기분이 들어서 어떤 마음가짐으로 가면 좋을지 몰랐어. 무언가 조금이라도 실수한다면 피해자의 마음에 상처를 입혔다며 누군가에게 혼날지도 모른다는 생각에 말이야."

"그럴 리 없잖아."

"응, 모두가 상상이지. 방사능이나 유언비어보다 그런 감정적 부분에서 제일 크게 위축됐어. 하지만 유키토는 아무렇지 않게 집이나 친구네 집의 청소를 돕기 위해 자주 이곳에 돌아왔었잖아."

"응."

"점점 유키토의 마음속에서 무슨 일이 벌어지고 있는 걸까, 고향이 이렇게 힘든 상황에 처한다는 것은 어떠한 괴로

---

* 일본어에서 가타카나는 외래어, 고유명사 등을 표기할 때 사용하며 특정 단어를 강조하고 자 사용하기도 한다. 2011년 동일본 대지진 이후 언론에서 후쿠시마를 가타카나로 표기하기 시작했다.

움일까 하는 생각에 유키토처럼 지진 피해를 입지 않았다는 게 두려워졌어."

사랑하는 사람의 소중한 것을 그 사람과 마찬가지로 소중히 여기는 일이 이렇게 어려운 것이라고는 생각하지 못했다. 유키토는 잠시 입을 다물고 생각에 잠긴 채 차창 밖으로 시선을 돌렸다. 눈에 가득히 들어오는 산의 나무들이 젖은 눈동자 위에 잎사귀의 그림자를 남기며 흘러가고 있다. 리츠코는 진지한 목소리로 말을 이었다.

"그래서 이번 유키토네 집에 가 보니……, 뭐랄까, 다들 평범한 생활을 하고 있고, 상냥하고, 그러면서도 우리 일가친척들과 마찬가지로 귀찮은 부분도 있는 거야. 그게 당연한 거지만. 내 머릿속에서 만들어 낸 '후쿠시마의 피해자들' 같은 이상한 모습과는 전혀 달랐어."

"우리 집은 평범해."

"응."

"실은 엄마랑 사나 씨의 성격이 엄청나게 안 맞아서, 뒤로는 진흙탕 같은 고부갈등이 있다는 것까지도 평범하지."

"아하하."

"그러니까 두 사람이 모일 때는 그 사이를 중재하려고 미츠코 숙모가 얼굴을 내밀고."

오노니마치, 라고 안내 방송이 흘러나왔다. 이야기를 그만두고 창밖을 보자 논밭 너머로 야트막한 전통가옥이 점점이 서 있는 평온한 마을이 펼쳐져 있었다. 몇 분 뒤 기차가 역에서 멀어지며 다시 한 번 시야는 파릇파릇 우거진 봄의 산에 삼켜졌다.

"후쿠시마에도 물론 여러 종류의 사람이 있지만 말이야, 적어도 우리 아빠나 엄마는 재난 지역을 위해 왔다는 접근 방식보다는, 맛있는 걸 먹고 아름다운 걸 보고 즐기다 갑니다 하는 쪽을 더 좋아할 거라고 생각해."

확실히 그 말이 맞다. 벚꽃을 보러 다녀오렴, 어딘가 들러 즐겁게 놀다 돌아가려무나 하고 권할 때 유키토의 부모님은 지진 관련 이야기를 하고 있을 때보다 수십 배는 밝은 얼굴이었다.

산을 벗어난 무렵부터 점차 드문드문 벚나무가 눈에 띄기 시작했다. 확실히 아직 활짝 피어나기엔 좀 일렀지만 절반이 넘게 벌어진 꽃망울은 엷게 빛나는 듯 눈부신 색이었다. 도쿄에서는 이미 지났을 벚꽃의 절정기가 여기는 지금부터 시작이다, 란 밝은 예감이 마음을 가득 채웠다.

벚꽃이 점점 더 늘어나며 반에츠토센과 나란히 흐르는 나츠이가와의 양편으로 어렴풋이 빛나는 벚꽃 띠가 나타났다. 선로 옆으로도 벚나무가 이어지며 눈앞이 담홍색에 묻혀 갔다. 강변에 서 있는 벚나무 아래 여기저기에는 가로등이나 관광객 취향으로 보이는 노점상도 있었다. 아름다운 풍경에 리츠코는 넋을 잃고 입을 열었다.

"너무 아름다워. 천국 같아."

"한창 때는 기모노를 입은 무희들이 늘어서서 춤을 추기도 하고, 밤 벚꽃에 조명을 비추기도 해. 어릴 적 가족들과 함께 왔었지. 엄마랑 숙모랑 찬합 한가득 도시락을 싸 가지고 말이야."

"나도 들르고 싶어."

"안 돼. 이 노선은 본선이 거의 없거든. 게다가 이와키에서 시시도가 기다리고 있다고. 다음에 다시 한 번 자동차로 오자."

출발을 알리는 부저가 울리고, 문이 닫힌다. 리츠코는 아쉬움을 곱씹으며 천천히 벚꽃 마을을 뒤로 했다.

이와키 역의 플랫폼에 내린 순간 리츠코는 몸을 감싸는 따스한 공기에 이끌려 무의식적으로 주변을 둘러보았다. 기분 탓인지 내륙 지방에 비해 바람이 촉촉했다. 바다와 가깝기 때문일까. 코오리야마 역 정도 규모는 아니지만 역 건물은 여기까지 오면서 차창 밖으로 본 반에츠토센의 자그마한 역과는 비교할 수 없을 만큼 컸다. 플랫폼 위층 유리 통로에서 내려다본 마을 풍경은 폭넓은 도로와 간격이 널찍하게 벌어진 건물들 덕에 어딘가 한가로운 인상이었다.

개찰구를 나서자 마을 건너편으로 푸릇푸릇하게 빛나는 산이 죽 늘어선 모습이 눈에 들어왔다. 그러고 보니 후쿠시마는 어디서도 저 멀리 크고 작은 산이 보였다.

유키토의 동급생 시시도 씨는 개찰구 왼편에 있는 광장에 차를 세우고 유치원생 정도로 보이는 여자아이를 무릎에 앉힌 채 두 사람을 기다리고 있었다. 확실히 투박한 느낌에 체격이 좋은 사람이다. 키도 180센티미터는 되어 보인다. 과거에 양아치라는 소리를 들었대도 믿을 만한 커다란 덩치에 험상궂은 얼굴이다. 그러나 두 사람을 발견한 시시도 씨가 한손을 들어 보이는 순간, 활짝 웃으며 주름이 파이는 눈꼬리 덕에 무섭던 얼굴은 금방 밝은 인상으로 변했다.

"요코칭, 오랜만이다."

"요코칭이라고 부르지 말라고, 이 자식아."

유키토의 성은 요코야마다. 대학교 때 불렸던 별명인 걸까. 유키토는 시시도 씨의 발치에 서 있는 여자아이를 물끄러미 내려다보았다.

"어라, 싯시네 딸인 거야 설마?"

"그래, 내 딸이다. 카미 씨가 집 청소할 테니까 데리고 나가라고 해서. 자 아유미, 인사해야지."

"시시도 아유미입니다, 네 살이에요"

포니테일을 늘어뜨린 여자아이가 힘차게 허리를 굽히며 인사했다. 리츠코도 이끌리듯 "오사키 리츠코입니다"라고 인사했다. 아유미를 따라 나이까지 말할 뻔 했다.

"그런데 어디에 가지? 그것보다 요코칭이랑 리츠코 씨는 오늘 밤 여기서 묵고 가는 건가?"

"아니, 밤에는 슈퍼 히타치*나 버스로 돌아가야지."

"알았어. 그렇다면 이렇게 할까. 날씨도 좋고 하니 시오야자키 등대랑 아쿠아리움에라도 가자고. 돌아오는 길에 역 앞

---

* 우에노와 이와키 구간을 달리는 특급열차의 이름

까지 데려다 줄 테니 우리 가게에서 한잔 하고 가는 걸로 하지."

시시도 씨의 은색 미니밴 안에는 아유미가 좋아하는 리락쿠마 인형이 여기저기 놓여 있었다. 조수석에는 유키토가, 어린이용 카시트가 설치된 뒷좌석에는 리츠코와 아유미가 앉은 뒤, 차가 천천히 출발했다. 뒤로 흘러가는 마을 풍경을 바라보며 유키토가 입을 열었다.

"전에 왔을 때보다 역 앞의 가게가 늘어난 건가?"
"늘었고말고. 출입구도 늘었지. 피난 지역의 주민이 2만 4천 명인가 우르르 들어와서 말이야. 이와키는 방사선량도 낮고 기후도 괜찮아서 사람 살기 좋잖아. 덕분에 아파트도 맨션도 꽉 차서 땅값도 오르고 있어. 우리 집이랑 그 근처도 음식점은 금요일 밤만 되면 어디건 만석이라, 마치 버블 때 같아."

"흐음, 그거 잘됐네."

"아냐, 병원이나 공공 서비스는 일손 부족이라 비명을 지르고 있다고. 가설주택도 여기저기 생겼고, 조금은 분위기가 바뀐 곳도 있고 말이야."

유키토의 말투가 아버지와 이야기하고 있을 때처럼 자연스럽게 이 지역 사투리로 변했다. 흘끔흘끔 뺨을 간질이는 아유미의 시선을 느낀 리츠코가 그쪽으로 고개를 돌렸다. 눈이 마주치길 기다렸다가 웃어 주자 아유미는 부끄러운 듯 고개를 숙이고 엉덩이를 꼼지락거렸다.

차는 연안 쪽을 향하고 있는 듯 했다. 맑게 갠 바다의 짙은 감색이 때때로 눈앞을 흘끗흘끗 흐린다.

핸들을 쥐고 있던 시시도 씨가 주변을 둘러보며 목덜미를 긁었다.

"어라……, 어느 쪽이더라?"

"뭐가?"

"그게, 풍경이 변하는 바람에 길을 잃어버렸어. 이쪽인가?"

"괜찮아, 바쁜 것도 아니고. 천천히 가자고."

숲을 벗어난 지점에서 유독 갈색 빛이 도는 평평한 지대가 눈앞에 펼쳐졌다. 기묘한 장소였다. 바다에 접한 탁 트인 땅 위에 콘크리트의 잔해가 잔뜩 묻혀 있다. 잠시 뒤 리츠코는 TV 뉴스에서 본 것과 똑같은 광경이 눈앞에 펼쳐져 있음을 깨달았다. 시시도 씨는 약간 당황해서 "한가운데로 들어와 버렸군" 하고 중얼거렸다.

"저어, 시시도 씨. 이 콘크리트로 만들어진 네모난 흔적은 설마 집의 토대인가요?"

"어……, 네. 이와키 시도 연안 부근은 지진 피해를 꽤 크게 입었죠. 이 주변도 지진 전에는 상당히 유명한 해수욕장과 민박집, 관광 시설이 있었고, 안쪽까지 주택지가 있었지만, 통째로 지진의 피해를 입어 버렸어요."

"그렇군요……."

갈색 빛의 단조로운 풍경 속에 드문드문 사람이 살지 않는

텅 빈 집이 떠다니는 섬처럼 남아 있다. 해안가에는 제방 대신 흙과 모래를 담은 시커먼 자루가 몇 개씩 쌓여 있었다. 차창 밖을 바라보고 있던 유키토가 멍하니 중얼거렸다.

"지진 피해를 입고 나서 3년이 지났어도 이런 모양이로군."

"녹지화를 한다, 지대가 높은 곳으로 옮긴다, 지역에 따라 이것저것 말은 많지만, 이제부터 시작해야겠지."

1.5킬로미터 가량 아무것도 없는 땅을 달려 도로 위로 돌아간 차는 이윽고 높은 지대에 위치한 광장에 멈췄다. 선명한 빛깔의 바다가 눈앞에 넓게 펼쳐졌다. 광장에는 기념품 가게와 함께 정체 모를 비석이 서 있었다. 차에서 내리자마자 애수를 띤 여자의 노랫소리가 귀를 울린다.

"어, 뭐죠 이 목소리?"

"아아, 아마도 여기가 미소라 히바리*의 연고지일 거예요. '미다레가미'라고, 이곳 시오야자키 바다를 테마로 하고 있는 노래라더군요. 자, 저쪽의 기념비에서 흘러나오고 있죠."

"밤에 이곳을 찾았다간 어딘지 모르게 무서울 것 같은데."

"아하하."

한바탕 웃고 나서 고개를 위로 쳐들자 언덕 위로 하얗게 빛나는 시오야자키 등대가 보였다. 하얀 등대가 푸른 하늘과 잘 어울린다.

아유미를 등에 업은 시시도 씨를 앞세우고 등대로 이어지

---

* 일본의 여성 가수이자 배우

는 오솔길을 올랐다.

"오늘은 바다가 아름다운걸. 여러 가지 색깔이 나잖아."

시시도 씨는 기쁜 듯 눈을 가늘게 떴다. 바다는 옅은 푸른 색으로 빛나는 얕은 모래톱에서부터 먼 바다로 갈수록 점점 색이 진해지다가, 수평선 근방에서 마치 청금석과 같은 광채를 띠는 청남빛으로 바뀌었다. 아유미가 "조개껍질 갖고 싶어" 하고 졸라대자 시시도 씨는 "조개껍질은 다음번 하와이언즈에서 사 줄게"라며 달랬다.

가까이서 보자 봄의 부드러운 햇살을 받은 하얀색 등대는 점점 더 아름답게 반짝였다. 무지갯빛 만국기가 주변에서 펄럭거린다. 이 모든 것이 지진의 피해를 입고 폐쇄되어 있다가 작년 11월 수리를 마치고 재개장했다고 한다. 요금을 내고 안쪽의 나선계단을 올라 테라스로 나가자, 주변의 산과 바다가 한눈에 들어왔다. 푸릇푸릇한 풍경이 마음을 씻어 내렸다.

"저쪽 부근이 아까 전 거기인가요?"

지형 관계상 그다지 많이 보이지는 않았지만, 육지 끝에 갈색 빛이 나는 평평한 곳이 몇 군데 있었다. 리츠코가 손가락으로 가리키자, 시시도 씨는 희미하게 표정을 흐리며 머리를 긁적였다.

"요코칭이 모처럼 약혼자를 데려온다고 해서 가능한 한 좋은 추억이 될 곳만 데려가려고 생각했는데 말이죠. 그래서인지 지금 약간 찝찝하면서도, 실패했구나 하는 생각이 들어요."

"쓸데없는 소린."

유키토는 눈꼬리를 부드럽게 하고 쓴웃음을 지으며, "보여 줄 수 있어 다행이다" 하고 중얼거렸다. 구름 끝자락이 태양을 덮으며 바다가 일순간 엷은 은색으로 물들었다. 눈이 부셔서 리츠코는 눈을 가늘게 떴다. 난간에 기대어 바다를 바라보는 유키토와 시시도 씨, 아유미의 모습이 하얗게 눈에 부시며, 사실은 리츠코보다도 긴장하고 있었던 어머님이 식탁 앞에서 짓던 미소나, 준비해 두었던 선물을 내밀던 아버님의 손이 눈꺼풀 안쪽에 떠올랐다. 탱자나무 산울타리. 집을 나가고 싶었던 것. 후쿠시마의 대학에서 유키토와 시시도 씨는 어떤 생활을 했을까.

리츠코는 눈을 깜박였다. 구름이 태양에서 멀어지며 바다는 천천히 원래의 짙푸른 빛깔로 돌아왔다.

점심 식사는 아쿠아마린 후쿠시마 옆의 특산물 센터 안에 있는 레스토랑에서 했다. 리츠코는 끈적하며 맛이 진한 네기토로 덮밥[*], 유키토는 색감이 화려한 해산물 덮밥, 시시도 씨는 양이 많은 해산물 한상차림을 주문해서 아유미와 나누어 먹었다. 레스토랑의 커다란 창문을 통해 오나하마 항구의 풍경이 한눈에 들어와, 어렴풋이 빛나는 해수면을 바라보는 것만으로도 평온한 시간이 지나가고 있었다.

---

[*] 다진 참치 위에 파를 얹은 덮밥

식사를 마치고 차를 마시며 시시도 씨는 슬쩍 입꼬리를 올려 웃었다.

"저 수족관은 식사를 든든히 하고 나서 가는 게 좋지."

"뭐야 그건."

"자아, 가보면 알 거야."

"피리카 보러 가자, 피리카" 하고 신이 나서 재잘대는 아유미를 선두로 네 사람은 토산물 센터를 나와 수족관으로 향했다. 수족관은 표면이 유리로 된 둥그스름한 형태의 건물로, 마치 거대한 온실처럼 보였다.

방금 전 시시도 씨가 한 말의 의미는 금방 깨달을 수 있었다. 이 수족관은 후쿠시마 먼바다의 쿠로시오와 오야시오가 만나서 생기는 풍부한 어장과 조목[*]을 하나의 테마로 하여, 참치와 꽁치, 정어리 등의 무척이나 맛있어 보이는 물고기를 대량 사육하고 있었다.

"꽁치를 수족관에서 보는 건 처음일지도……."

리츠코는 꽁치 수족관 앞에서 못이라도 박힌 듯 서 있었다. 처음으로 마주한 살아 있는 꽁치는 마치 날이 선 나이프가 종횡무진 움직이고 있는 것 같아 깜짝 놀랄 만큼 아름다웠다.

"응? 다른 수족관에는 꽁치가 없는 건가?"

"없어, 본 적 없는걸."

흐응, 하고 의외라는 듯 맞장구를 치며 옆에 서 있던 유키

* 성질이 다른 해류의 경계선

토는 눈을 가늘게 뜨고 수조를 올려다보았다.

수족관에는 조목이 있는 바다뿐 아니라 북쪽 바다, 산호 바다라는 식으로 생태 환경이 각기 다른 바다의 수조와 같은 여러 가지 테마의 전시물이 있었다. 그저 진기한 물고기를 전시하는 것뿐 아니라 강의 시작점에서부터 바다까지의 환경을 순서대로 전시하거나 해서 관람객에게 자연의 구조를 전달하려는 뜻이 강하게 느껴지는 곳이었다.

아유미가 말하는 '피리카'란 에토피리카였다. 검고 작은 바다새로, 부리가 화려한 오렌지색이다. 에토피리카란 아이누말로 부리가 아름답다는 뜻인데, 전체적으로 동글동글한 느낌의 귀여운 새였다. 아유미는 에토피리카가 있는 수조에서 수십 분 가까이 떨어지려 하지 않았다.

에토피리카 다음으로 바다표범, 그다음은 바다사자 차례로 마음에 드는 수조 앞에 다가설 때마다 바닥에 뿌리라도 내린 것처럼 움직이지 않는 아유미를 겨우 달래 수족관을 나섰다. 역 앞으로 돌아간 네 사람은 저녁식사를 위해 골목길 한쪽 구석에 있는 시시도 씨의 국숫집으로 들어섰다.

국숫집이라고는 해도 이어받고 난 뒤 리모델링을 해서 선술집 같은 분위기가 물씬 풍기도록 만들었다고 한다. 20석 정도의 작은 가게다. 오랫동안 써서 윤기가 흐르는 카운터 너머에서 식사 준비를 하던 시시도 씨가 "결혼을 축하하는 의미에서"라며 후쿠시마 토속주와 아오메소*튀김, 오로시소

---
* 파란눈메퉁이

바를 내 주었다. 셋이서 잔을 들어 건배를 했다.

"너희들 결국 어디서 사는 거냐?"

손으로는 연신 산처럼 쌓인 일을 하면서 시시도 씨가 물었다. 유키토는 핥듯이 천천히 일본주를 홀짝이며 고개를 기울였다.

"응? 왜 그런 걸 묻지?"

"아니, 하지만, 상상하기 어려워서 말이야. 난 장남이고 아버지 가게도 있고 해서 태어난 곳에서 살기로 결정했으니까. 너처럼 고향을 떠나 도쿄 아가씨를 신부로 맞는 놈은 어떤 미래를 그리고 있는 걸까 하는 생각이 들거든. 어떤 느낌이야?"

"글쎄다."

막연한 대답에 "딱히 떠오르는 게 없구만" 하고 질린 듯 말하며 시시도 씨는 리츠코 쪽을 돌아보았다.

"이런 녀석이지만 잘 부탁합니다. 다음번엔 며칠 자고 가는 일정으로 놀러 와요. 하와이언즈에 데려다 드릴 테니."

"네."

예약으로 가득 찬 가게가 붐비기 전, 유키토와 리츠코는 서둘러 잔을 비우고 자리에서 일어났다. 푸른색의 포렴을 걸어 올린 시시도 씨에게 손을 흔들고 딱 기분 좋게 술기운이 오른 상태를 음미하며 역으로 향했다. 특급열차 티켓을 산 두 사람은 플랫폼으로 미끄러지듯 들어오는 슈퍼 히타치에 올랐다.

"시시도 씨, 좋은 사람이네. 아유미도 귀여웠고."

"응."

건성으로 대답하며 한동안 어두운 창을 바라보던 유키토는 기차가 출발하자마자 살며시 리츠코의 손을 쥐었다. 술을 마셔도 변함없이 차가운 리츠코의 손가락이 유키토의 손바닥이 지닌 온기를 천천히 머금었다.

"결국 어디서 살게 되는 걸까."

시시도 씨가 그의 가족과 함께 이 문제에 대해 결정한 것처럼, 이 세상에 단 두 사람, 리츠코와 유키토만이 이 문제의 답을 낼 수 있다. 바다의 색과 산의 내음, 눈부실 정도로 하얀 등대, 벚꽃을 보러 가족과 함께 외출했던 추억. 좋아했던 것, 싫어하던 것. 나는 지난 이틀 동안 유키토의 가족에 관한 것도 친구에 대한 것도 후쿠시마에 대한 것도 아닌, 그저 유키토에 대한 것을 알게 되었다. 어떠한 대답이 나오더라도 상관없다, 함께 생각하자. 그런 마음가짐으로 리츠코는 유키토의 옆모습을 보며 질문을 던졌다.

"코오리야마에 돌아가고 싶다고 생각해?"

"아니, 거긴 형의 영역이라."

"관동 지방은?"

"거기도 괜찮고."

유키토가 천천히 눈을 깜박이며 입을 열었다.

"지금은 무리더라도 할 수 있다면 언젠가 돌고 돌아서 고향에 도움이 될 만한 일을 하고 싶어. 그러니까 너무 멀리 떠나고 싶지는 않아."

"그거 좋은데. 난……, 일을 생각하면 도쿄에서 한 시간 정도 거리라면 좋을 것 같은데."

그때부터 띄엄띄엄 서로 조건을 말하기 시작했다. 아이를 키우기 쉬운 곳은 어디지? 일가친척 어른들을 돌보는 문제도 있고, 음식이 맛있는 데가 좋아, 바다 근처? 아냐, 바닷바람으로 이것저것 녹이 슬어 버리니까. 그렇게 적당히 떠오르는 생각을 쌓아올려 간다. 마지막으로 유키토가 툭하니 내던지듯 말했다.

"산이 보이는 곳."

"산?"

"차분해지거든, 왠지 모르게."

그렇게 중얼거리며, 유키토는 졸린 듯 창틀에 머리를 기댔다. 그런 옆모습을 보고 있자니 리츠코는 자연스레 입가에 부드러운 미소가 어리는 것을 느꼈다.

"천천히 결정하면 되니까."

그렇게 입 밖으로 낸 순간 리츠코는, 두 사람이 각자의 보금자리에서 한 발짝 멀어지는 느낌이 들었다. 짙게 풍기던 탱자 향기가 조금 옅어졌다.

유키토는 몇 분 지나지 않아 새근새근 숨소리를 내기 시작했다. 그 어깨에 머리를 기대며, 리츠코도 다시 눈을 감았다. 특급열차는 빛을 품은 채 밤의 마을을 빠른 속도로 빠져나갔다.

유채꽃의 집

나무 그늘에 감싸인 숲 속의 돌계단을 한 단 한 단 천천히 오르고 있었다. 수풀의 물기를 머금은 공기는 달콤해서 한 번 들이마실 때마다 폐 속이 촉촉하고 부드러워지는 기분이 들었다. 돌계단 양 끝의 나무는 짙은 녹색 잎이 무성하게 우거져 있고, 하늘이 좁아 보일 만큼 키가 크다.

　신비로움마저 느껴지는 조용하고 아름다운 장소인데 자신은 그 분위기를 즐길 수가 없다. 왜냐하면 돌계단의 높이가 너무나도 높고 경사도 급해서, 한 단 오를 때마다 온 힘을 쥐어짜야 하기 때문이다. 저려서 무거워진 무릎을 있는 힘껏 들어올리자, 겨우 다음 단에 손톱 끝이 걸렸다. 무릎이 삐걱대는 것을 참고 몸을 끌어올리자 등에서 비처럼 땀이 쏟아져 내렸다.

　앞을 봤다간 더 이상 나아갈 수 없다는 걸 아는데도 마가 끼었나보다. 얼굴을 들었다. 눈앞에는 절벽 같은 돌계단이 하늘에 닿도록 이어져 있었다. 하아, 하, 하고 거친 숨을 몰아쉬며 무심코 그 자리에 털썩 주저앉았다. 앞을 걷는 동행에게 말을 걸었다.

"난 여기 남겠어. 여기서부터는 너 혼자 가."

입 밖으로 말을 꺼낸 순간 강한 바람이 휘잉 가슴속을 스쳐 지나갔다. 그래, 정말로 그랬다. 이 사람과 발걸음을 맞추는 것은 경사가 급한 돌계단을 끊임없이 올라가는 것처럼 너무나도 힘든 일이었다. 나는 계속 이 사람에게서 벗어나고 싶었다. 욕망을 자각하는 것과 동시에 싱거운 기분이 들어 코 안이 시큰거렸다.

앞을 걷는 사람은 발걸음을 멈추지 않았다. 이쪽을 돌아보지도 않은 채 착실히 돌계단을 올라갈 뿐이다.

"무슨 말 하는 거야, 얼른 와."

"이젠 싫어. 더 이상 같이 갈 수 없어."

"그런 소리 해 봤자 방법이 없잖아."

"내버려 둬. 혼자 있고 싶어."

그 사람은 겨우 발걸음을 멈추고 이쪽을 돌아보았다. 산뜻한 인상이 감도는 짙은 푸른색 원피스에 고급스런 진주 목걸이를 한 자그마한 여자다. 쏘는 듯이 사람을 바라보는 두 눈동자에서 강한 기운이 짙게 배어나왔다. 이 복장이라면 기억하고 있다. 수업 참관이나 면담 같은 때 자주 입고 왔던 단 한 벌뿐인 좋은 옷이다. 그런 자리에서의 그녀는 누구보다도

의연하고 아름다워서 나는 언제나 자랑스러워했고, 정말로 좋아했다. 립스틱을 바른 입술을 벙긋거리던 여자는 이윽고 한숨을 쉬었다.

"그래, 그럼 주위 사람들과 사이좋게 지내렴."

흥미를 잃은 듯 말하고 여자는 돌계단을 다시 한 번 오르기 시작했다. 또각, 또각 하고 시원시원한 하이힐 소리가 반복된다. 묘하게 고집을 부리고 싶은 마음에 여자 쪽은 보지 않고 옆에 선 삼나무 가지만을 바라보았다. 또각, 또각, 또각. 소리는 전혀 망설임 없이 멀어져 갔다.

다음번 돌아보았을 때 여자의 모습은 돌계단 끝으로 사라지고 없었다. 풍선이 쭈그러들듯 어깨의 힘이 빠져 갔다. 이제 두 번 다시 이런 힘든 돌계단을 오를 필요는 없다. 그런 생각을 하며 하얀 하늘이 석양빛으로 물들어 가는 것을 바라보았다. 망막을 태우는 붉은 색은 바라보는 사이 포도 알맹이를 쥐어짠 것 같은 적자색으로 물들어 갔다.

하늘에 청백색 별이 어렴풋이 걸릴 무렵 돌계단 위쪽을 바라보았다. 여자는 바라던 곳에 다다랐을까. 나란 존재는 이미 잊어버린 걸까.

그 순간 외로움이 폭풍처럼 차올라 돌계단 위에 발을 디뎠다. 감각이 없는 다리를 끌어올리며 앞으로 고꾸라져 가면서 계단을 올랐다. 한 단, 두 단, 세 단. 정상은 조금도 가까워지지 않는다. 네 단, 다섯 단, 여섯 단. 곧 다리 힘이 빠졌다. 대체 뭘 하고 있는 걸까. 숨을 쉬는 것조차 괴로운 기분에 허우

적대면서 몸을 돌려, 외로운 기분으로 희미하게 보이는 어둠침침한 돌계단을 내려갔다.

거리를 잘못 계산하는 바람에 갑자기 계단에서 발을 헛디뎠다. 두 손이 허공을 휘젓는 것과 동시에 몸이 아래로 곤두박질쳤다.

아, 하고 생각한 다음 순간, 타케후미는 파드득 몸을 떨며 신칸센 좌석에 앉은 채 눈을 떴다. 눈을 깜박일 때마다 눈꺼풀에 새겨진 돌계단의 풍경이 멀어져 갔다. 온몸에 오한이 날 때 같은 붕 뜬 느낌이 남아 있다. 어딘가에서 떨어지는 꿈은 항상 이렇다. 자고 있었음에도 오히려 더 지친 기분으로 차 안의 전광판을 확인한 뒤 둥근 창밖을 바라보았다. 이제 겨우 코오리야마를 막 벗어난 모양이다. 빌딩과 건물들이 빽빽이 늘어선 도시의 풍경이 훌훌 멀어지며 논밭과 숲이 시야를 채우는 비율이 늘어 간다. 멀리 보이는 푸른 산들은 아부쿠마 고지인 걸까.

등 뒤쪽에서 이동매점 수레가 다가왔다. 커피, 차, 안주, 맥주, 도쿄 특산품 등도 있습니다. 지나치려고 생각했지만, 판매원 아가씨의 부드러운 목소리에 문득 정신이 들었다. 그러고 보니 특산품을 사는 걸 잊고 있었다.

"도쿄 바나나 두 상자."

"알겠습니다, 2160엔입니다."

넓적한 상자를 받아들며 흘끗 올려다 본 여자의 얼굴은 의외로 젊고 예뻤다. 기분 좋게 겸사겸사 졸음을 쫓기 위한 커피도 한 잔 주문했다. 하이힐에서 뻗어 나온 가느다란 발목이 멀어져 가는 것을 바라보며 뜨거운 액체를 한 모금 홀짝였다. 쓴맛이 뇌에 번지며 서서히 머리가 맑아졌다. 젊었을 적의 어머니와 계단을 올라가다니, 이상한 꿈을 꾸었다.

고향에 얼굴을 비추는 건 어머니의 3주기 법요(法要)* 이후로 처음이니, 4년 만이다. 태어나 쭉 한 도시에서 살았던 어머니는 이웃과의 교류가 왕성해서, 3주기 법요에는 친척들 외에도 많은 친구와 지인들이 참석했다. 식이 끝난 뒤에는 조문객을 자택으로 초대해 연회를 벌이는 게 정석이다. 형수와 두 살 위의 누나, 친척 중 여자들은 부엌과 거실을 바삐 오갔고, 남자들은 남자들대로 술을 따르거나 이야기에 귀를 기울이는 등 손님들을 대접하는 역할을 했다. 올해는 7주기로 3주기보다 규모는 어느 정도 작지만 상황은 크게 다를 바없다. 작년 생일로 서른다섯 살을 넘긴지라, 술에 취한 친척이나 지인들에게 얼른 결혼하라며 잔소리를 듣는 게 점점 심해질 것을 생각하니 마음이 답답해진다.

차창 밖을 흐르는 전원 풍경을 향해 한숨을 쉰 타케후미는 노트북을 꺼내들고, 주초의 미팅 자리에서 거래처에 제출할 기획서를 손보기 시작했다. 타케후미는 주로 인터넷상의 광고를 다루는 대리점에서 일하고 있다.

컴퓨터를 잘 다루지 못하는 어머니는 IT 버블에 관한 다큐

---

* 죽은 이의 넋을 기리는 불교 의식. 법사 또는 법회라고도 한다. 한국의 제사와 비슷한 풍습이다.

멘터리를 보고 나서 대체 무슨 오해를 한 건지, IT 업계는 어디든 매우 불안정한 직장이라는 굳은 편견에 빠져 있었다. "아는 사람의 소개로 좋은 일자리가 있으니까 그런 일 하지 말고 돌아오렴"이라며 무슨 일이 있을 때마다 전화를 걸어서는, 타케후미가 아무리 우리 회사는 괜찮다고 설명해도 조금도 이해하려 하지 않았다. 고리타분한 사람이니까 별 수 없는 거겠지.

생각해 보면 어머니와는 어린 시절부터 그렇게 엇갈릴 뿐이었다. 아이에 대한 사랑이 깊은 만큼 그와 마찬가지로 집착이나 간섭, 주문도 많았다.

중학교 시절 그림이 좋아 미술부에 들고 싶다고 말했더니, "미술부 따위 음침하고 약한 아이들의 집단이니 형처럼 스포츠를 하렴"이란 말을 들었다. 아무리 항변해 보았자 어머니는 자신이 옳다는 사실을 조금도 의심하지 않았고, 결국 타케후미는 형과 비교당하는 것이 싫어서 육상부에 들어갔다.

왜 이런 일을 떠올려야 하는 걸까. 다시 한 번 한숨을 쉬고 싶은 기분으로 일을 이어 갔다.

순식간에 30분이 지났다. "잠시 뒤 센다이"라는 안내 방송에 데이터를 저장하고 컴퓨터를 껐다. 나일론 재질의 노트북 가방과 도쿄 바나나 꾸러미를 들고 다른 승객들을 따라 신칸센에서 내린 타케후미는 사람들의 흐름을 따라 버스 터미널이 있는 서쪽 출구로 향했다.

센다이 역의 주된 출입구인 서쪽 출구는, 방문할 때마다 새로운 빌딩을 짓거나 들어와 있는 매장이 바뀐 것 같은 착각에 휩싸이게 한다. 타케후미는 대학 진학과 함께 상경해서 그 뒤로 고향에는 거의 돌아오지 않았다.

사회인이 되자마자 무언가 일이 생겨 귀성했을 때, 오랫동안 이용했던 역 앞 ams 세이부*가 없어지고 그 대신 잡화점 로프트가 들어와 있는 모습에 묘한 쓸쓸함을 느꼈다. 몇 년 전 센다이 파르코**가 세워졌을 때에는 상당히 편리해졌다고 감탄했지만, 마을이 너무 번화하면서 번잡스러워진 기분이었다. 그러나 한번 새로운 것이 생기고 나면 이전의 마을 풍경이 잘 떠오르지 않는다. 어쩔 수 없이 익숙해져 가고, 앞으로도 그럴 것이다. 그저 익숙해질 때까지 엉덩이 부근이 근질거릴 뿐. 집 근처로 가는 버스에 올라 20분가량 변해 가는 마을 풍경을 바라보았다.

타케후미의 집은 야트막한 산에 둘러싸인 베드타운 한쪽에 있었다. 오래된 2층짜리 전통가옥이다. 집 옆을 둘러싸는 듯 열 평 정도 되는 정원이 딸려 있다. 전부 전쟁이 끝나고 땅값이 폭등하기 전 타케후미의 할아버지가 인연이 닿아 싸게 손에 넣은 땅이다. 집 안은 넓고 긴 복도에 다다미방이 몇 개나 이어져 있는 구조로, 밝은 성격이었던 타케후미의 할머니는 이 집에서 취미로 학생들을 모아 전통무용 교실을 열기도 했었다. 공간이 넓다는 이유로 연말연시의 떡방아 찧기 등 각종 가족 모임 때마다 자주 여기서 모였다. 그리고 어머

* 일본의 백화점 체인 중 하나
** Parco, 일본의 백화점 체인 중 하나

니가 돌아가신 지금 이 집에는 타케후미의 형 부부가 둘이서 살고 있다.

니시마츠란 표찰이 붙은 문 안으로 들어서 현관문을 열었다. 널찍한 현관 바닥에는 검은 구두와 하이힐이 주루룩 늘어서 있었다. 스님이 도착하기까지 아직 한 시간은 남아 있을 테지만, 성질 급한 참가자가 이미 도착해 있는 모양이다. 니시마츠 가의 사람들은 전부 다 미야기 현이나 후쿠시마 혹은 이와테 등지의 가까운 곳에 사는 덕에, 저기, 하고 말을 꺼내기가 무섭게 순식간에 사람들이 모인다. 타케후미는 구두를 벗고 발끝걸음으로 현관 끄트머리에 올라섰다.

다다미방 쪽에서 환담을 나누는 목소리와 아이들의 울음소리가 들린다. 타케후미는 부엌에 먼저 얼굴을 내밀기로 했다. 누나인 토시코와 형수 카나코 씨가 정신없이 움직이는 뒷모습이 보였다.

"어이, 나 왔어."

"아, 타케후미."

"오랜만이에요!"

"들어 봐 좀, 큰일이 났다고. 올해도 저번과 같은 절의 주지스님께 와 주십사 부탁드렸는데 말이야. 방금 전 전화를 하셔서는 주지스님이 무거운 궤짝을 정리하다 허리를 삐끗하셨다지 뭐야."

"뭐야 그게."

"대신할 사람이 와 주기로 했는데, 다른 집의 법사(法事)도 있으니까 예정보다 세 시간 정도 늦어질 것 같아."

"어라, 그럼 그때까지 한동안 한가하겠는걸."

"한가할 리 없잖아!"

아무 생각 없이 뱉은 말 한 마디에 토시코가 눈썹을 치켜 올렸다. 아무래도 기분이 좋지 않은 모양이다. 카나코 씨는 생글생글 웃는 표정 그대로 "한가할 리 없잖아요"라고 맥 빠진 목소리로 맞장구를 쳤다.

"자, 3시에 법요가 끝나면 시간도 어중간하고, 그 뒤로는 정말로 그냥 한잔 하기만 하면 된달까, 초밥 좀 시켜 달라거나 안주거리가 좀 있으면 좋겠다 하는 정도 아닌가?"

"하지만 저녁 6시에 법요가 끝나면 그다음은 꼼짝없이 저녁 식사 시간이 되는걸. 장도 보러 나가야 하고, 식기 수도 확인해야 하고 말이야."

넌 모르겠지만 요만큼도 한가할 수 없다고, 라는 듯 노려보는 토시코에게서 얼굴을 돌렸다. 귀찮은 지뢰를 밟아 버렸다.

"그럼 난 인사하고 올 테니까."

"아, 불단. 먼저 불단에 인사해야 한다."

"네에, 네."

타케후미는 총총히 부엌을 뒤로 했다. 집 안의 분위기는 4년 전 왔을 때에 비해 상당 부분 바뀌어 있었다. 어머니가 살아 계실 무렵 사용하던 상당히 낡고 묵직한 가구나 화병이 사라진 대신 카나코 씨의 취향인 듯 화려하고 가벼운 아시

안 풍 잡화가 늘어났다. 툇마루에서 보이는 정원 풍경도 마찬가지였다. 예전에는 꽃이나 나무가 얌전하게 피어난 조용한 일본식 정원이었는데, 어느 사이엔가 정원 안쪽에 벽돌로 구획이 나뉜 유채꽃밭이 생겨났다. 한가득 핀 노란색 꽃이 오후의 햇살을 받으며 그 자리에 어울리지 않을 만큼 눈부시게 빛난다. 거슬리던 시어머니가 돌아가신 이후로 카나코 씨는 자신이 살기 편하도록 순조롭게 집을 바꾸어 가고 있는 모양이었다.

불단이 있는 가장 넓은 다다미방에는 형 타카오를 시작으로 검정이나 짙은 회색 같은 무거운 색조의 옷을 입은 친척들과 어머니의 친구 등 어림잡아 열 명 정도의 사람들이 손님용 좌탁에 둘러앉아 있었다.

"오, 타케후미. 건강히 잘 지냈냐?"

"삼촌들 오랜만이에요."

"아아, 타케후미는 점점 아버지를 닮아 가는구나."

쓱 둘러보니 아이들이라곤 고등학교 교복을 입은 아버지 쪽의 6촌 형제 정도밖에 없다. 더 어린 아이의 목소리가 분명 들렸는데, 하고 이상하다는 생각을 했다.

"누군가 우는 소리가 들리지 않았어요?"

묻는 말에 삼촌 중 한 명이 아아, 하며 고개를 끄덕였다.

"아까 전 모모카가 토시코에게 혼났거든. 울면서 2층으로 가 버렸어. 좀 진정됐을 때쯤 상태를 보러 가 보려는 중이다."

모모카는 올해 세 살이 된 토시코의 딸로, 타케후미의 조카뻘이다. 토시코는 2년 전 남편과 헤어지고 미야기 현 안의 대학에서 교직원으로 일하며 모모카를 혼자서 키운다. 작년 말 제비뽑기에 당첨되어 성인용 티켓 두 장이 생겼으니 모모카를 디즈니랜드에 데려가고 싶다는 토시코의 부탁에 타케후미가 짐꾼 겸 베이비시터 역을 맡은 적이 있었다. 꿈의 나라에 흥분한 모모카가 하루 종일 팔짝팔짝 뛰어다니는 바람에 미아가 되지 않도록 붙잡아 두는 게 무척이나 힘들었다.

타케후미는 무슨 일 있었냐고 묻는 의미로 타카오 쪽을 향해 고개를 돌렸다. 점점 앞머리 숱이 적어져 가는 여섯 살 많은 장남은 변함없이 사람은 좋으나 운은 별로 없어 보이는 얼굴에 쓴웃음을 띠고 "어른들만 있으니까 지루해서 칭얼대던 중에 불단 옆에 놓인 과자 그릇을 발로 차 버렸어"라며 어깨를 움츠렸다. 토시코는 예의범절에 대해서만은 엄격했다. 어이쿠, 하고 맞장구를 치며 불단을 향한 타케후미는 정면에 놓인 방석에 정좌를 하고 앉았다.

불단에는 조부모님의 부부 위패와 타케후미 부모님의 위패가 들어 있다. 타케후미는 선향에 불을 붙이고 종을 울린 뒤 두 손을 모았다.

아버지가 뇌졸중으로 돌아가신 것은 타케후미가 열다섯 살 때의 일이었다. 당시에는 충격을 받긴 했지만 설마 그로부터 15년 뒤 어머니가 똑같은 병으로 아버지의 뒤를 따를 거라고는 생각조차 하지 못했다.

"우리 혈관도 아마 상당히 막히기 쉬울걸."

어머니의 장례식이 끝난 날 밤, 상주인 타카오는 지칠 대로 지친 목소리로 말했다.

"염분 줄이고 물 많이 마시고 운동도 해야지. 그러고 보면 우리 집은 음식 간이 좀 세긴 했어."

토시코가 맞장구를 쳤다. 타케후미가 하하, 하고 힘없이 웃자 야윈 얼굴을 한 삼남매는 서로를 마주보았다. 이렇게 지독한 일이 있을 수 있는 걸까. 도통 이해할 수 없는 전위예술이라도 보는 기분이었다. 나중에 들은 이야기이지만 어머니 쪽 가계는 지금까지 심장 질환이나 뇌혈관 질환으로 돌아가신 분이 많았다고 한다. 그 뒤로 타케후미는 항상 음료수 병을 들고 다니며 목이 마르다고 느끼기 전에 물을 마시는 습관을 들였다. 된장도 염분이 적은 것을 고른다. 자기위안 정도이지만 아무것도 하지 않는 것보다는 나았다.

불단에 인사를 마친 타케후미는 왁자지껄 이야기가 무르익고 있는 좌탁 앞에 앉았다.

"스님이 허리를 다쳤다고?"

"그렇다던데. 그 절, 보수공사가 막 끝난 참이라더라고. 노인네가 청소를 너무 열심히 한 거 아닌가 몰라. 대신 인근 마을에서 젊은 사람이 온다고 하니까."

"자, 타케후미도 에키손 파이 좀 먹어 봐. 하기노츠키*도 있고, 아 그리고, 마츠가 사 온 코이와이 농장 쿠키도."

---

* 센다이의 특산품 과자로 커스터드 크림이 들어있는 폭신한 빵이다.

"아, 나도 도쿄 바나나 사 왔어."

각자 가져온 과자를 펼쳐놓고 근황 이야기를 나누기 시작했다. 가족에 대해, 장사에 대해, 토호쿠 라쿠텐 골든 이글스*에 대해, 최근 근처에 생긴 편리한 시설에 대해, 토시코에게 얼른 새 남편을 찾아 주지 않으면 모모카가 불쌍하다는 것에 대해, 그리고 보니 타카오네는 아이를 낳지 않을 건가, 타케후미도 도쿄에 좋은 사람이 없는 건지. 귀찮고 성가신 화제를 대충 웃으며 흘려 가는 중 등 뒤의 장지문이 열렸다. "타케후미, 잠깐만" 하고 앞치마를 두른 토시코가 손짓을 하는 모습에 이거 참 다행이다 하고 자리에서 일어났다.

"무슨 일이야?"

"미안하지만 잠시 모모카 좀 데리고 산책이라도 다녀오지 않을래? 아까부터 계속 칭얼대기만 해서 큰일이야. 나에겐 어리광쟁이지만 다른 어른들 앞에서는 꽤 어른스러운 척 하는 아이이니까, 타케후미랑 함께 나간다면 얌전히 있을걸."

"나야 괜찮지만……."

이 주변에 세 살짜리 아이가 좋아할 만한 장소가 있었던가. 타케후미가 생각에 잠기자 토시코는 입술 끝을 올리며 씨익 웃었다.

"후후훗, 이런 곳도 있었나 하는 장소는 이미 찾아 두었단다."

"오오, 역시나 엄마."

---

* 센다이를 연고로 하는 일본 프로 야구팀

"내 차 써도 되니까, 여기에 가 줬으면 좋겠어."

토시코는 스마트폰을 꺼내들었다. 화면에는 컬러풀하면서 무척이나 낯익은, 동그란 일러스트가 나타나 있다.

"호빵맨 어린이 박물관? 어디야 여긴, 어디, 역의 동쪽 출구 방향인가. 거기에 이런 게 있었나?"

"있어. 2, 3년 전에 생겼는데, 무척 도움이 된단다. 아무리 칭얼대고 있어도 단번에 기분이 좋아지니까."

"알았어, 여기에 데려가면 된다는 거지?"

"부탁해. 지금 불러 올 테니까."

탁, 탁, 탁, 탁, 토시코가 경쾌하게 계단을 올라갔다. 자 모모카, 적당히 하지 않으면 엄마 화낼 거야. 시잃ㅡ어어! 머리 위에서 명확하지 않은 대화가 들려온다. 그리고 곧 토시코의 손에 이끌려 모스그린 색 원피스를 입은 모모카가 훌쩍대며 내려왔다. 작년에 만났을 때보다 한층 더 자란 모습이다. 아이들은 정말 빨리 자라는구나, 하고 내심 감탄했다.

"자, 기억하지? 디즈니랜드에 함께 갔었던 타케후미 삼촌. 삼촌이 호빵맨이 있는 곳에 데려다 준다고 하는데에."

등을 떠밀리면서도 모모카는 아랫입술을 내민 채 고개를 돌리고 있었다. 별로 걷고 싶지 않아하는 것 같아서 안아 줄게, 하고 말을 하고 모모카의 허리 부근을 잡아 차로 옮겼다. 상당히 무거웠다. 12, 13킬로그램은 되지 않을까. 그러나 모모카 쪽에서 목에 팔을 감는다거나 이쪽으로 몸을 기대는 등 들기 쉬운 자세를 취해 준 덕에 단순히 쌀포대를 들어 올리는 것 보다는 안아들기 수월했다.

화려한 핑크색 비츠* 뒷좌석에 놓인 카시트에 모모카를 태우고 네비게이션을 켜 호빵맨 어린이 박물관 주소를 입력했다. "네 시 반에는 돌아와야 해"라고 말하는 토시코에게 고개를 끄덕이며 신중히 차를 움직이기 시작했다.

"호빵맨 중에서 누가 제일 좋아?"

입을 꾹 다문 모모카에게 물어보았지만 아직 토라져 있는 건지 좀처럼 대답이 없었다. 여기저기 벚꽃이 핀 화창한 시내의 거리를 달린다. 신호를 기다리는데 "메론빵맨"이라고 등 뒤에서 작은 목소리가 들렸다.

아까 전 버스를 타고 왔던 길을 거꾸로 달려 센다이 역으로 향했다. 학창 시절 자전거를 타고 다니던 거리는 그저 그리울 뿐이었지만, 주의해서 살펴보자 여러 부분이 기억 속의 모습과 달랐다. 자주 다니던 가게가 사라졌다. 어라, 치과가 아파트로 변했군. 상당히 화려한 볶음밥집이 생겼네. 이런 곳에 편의점이 있었던가. 드문드문 작은 놀라움이 뇌 속을 울릴 때마다 기억 속의 지도가 다시 그려진다.

10년이나 떠나 있으면 완전히 변하는구나 하는 생각에 타케후미는 목 언저리에서 바람이 빠지는 듯한 기분이 들었다. 그만큼 센다이가 왕성하게 발전하고 있다는 건 원래 살고 있던 주민 입장에서 기뻐해야 할 일이지만, 조금 쓸쓸한 마음

* 일본 토요타(Toyota) 사에서 나온 소형차 브랜드

도 있다. 아버지가 돌아가신 뒤 돌아오라며 말이 많았던 어머니마저 돌아가시고 나자 집은 완전히 모습이 바뀌었고, 거리 풍경마저 낯설게 변해 가고 있다.

이미 자신에게 고향이라 부를 수 있는 곳, 아무런 마음의 준비 없이도 돌아갈 수 있는 곳이란 없어져 버렸는지 모른다. 산이나 바다처럼 변함없는 것이 강한 인상을 남기는 지역이라면 이야기가 다를지도 모르지만, 건물이나 사람처럼 시간과 함께 흘러가는 것을 애착의 근본으로 삼으면 어쩔 수 없이 이런 생각이 드는 걸까.

역 앞을 지나 내비게이션의 안내대로 호빵맨 어린이 박물관 옆의 주차장에 차를 세운 뒤 뒷좌석 문을 열고 모모카를 내려 주었다. 시험 삼아 손을 잡아 보자, 기분이 조금 나아진 것인지 모모카는 싫어하지 않고 깡충깡충 뛰며 타케후미를 따라왔다.

"메론빵맨 있으면 좋겠다."

"메론빵맨 있어. 그리고 또, 짤랑이랑, 식빵맨이랑, 치약맨도 있어."

"호빵맨은 없어?"

"호빵맨, 있어. 저기, 춤."

"춤추고 있다고?"

"응!"

호빵맨의 춤은 잘 모르지만, 모모카는 상당히 많은 호빵맨 캐릭터를 아는 것 같았다. 모모카는 생글생글 웃는 얼굴로 호러맨, 돈까스덮밥맨, 크림빵맨, 하면서 타케후미에게 여러 등장인물의 이름을 가르쳐 주었다. 타케후미가 아이였을 무렵에도 호빵맨 애니메이션을 방영했지만 타케후미는 호빵맨, 식빵맨, 카레빵맨 정도만 겨우 기억하고 있다.

건물 입구에는 '잼 아저씨의 빵 공장'이라는 빵집 간판이 걸려 있었다. 유리로 되어 내부가 훤히 보이는 밝은 가게 안에는 둥그런 빵이 줄을 서 있었고, 빵을 굽고 있는 부엌 안쪽도 볼 수 있었다. 가게 밖에 진열된 샘플용 빵이 등장하는 캐릭터와 정말 똑같은 모습이라 깜짝 놀랐다.

빵집 앞을 지나쳐 건물 안으로 들어가자 캐릭터 상품을 파는 가게가 늘어선 쇼핑몰 중간에서 무언가 이벤트를 진행하고 있었다. 호빵맨과 식빵맨, 그리고 화려한 의상을 입은 여성 스태프가 모여 있는 아이들과 함께 춤을 춘다. 호빵맨의 춤이란 이걸 말하는 거였나.

다녀오라며 등을 밀어 보아도 모모카는 부끄러운 듯 타케후미의 그림자 뒤에 숨기만 했다. 토시코는 어릴 때부터 따박따박 자기주장을 하는 타입이었지만, 모모카는 굳이 말하자면 낯가림이 심하고 어른스럽다. 삼남매 중 타카오와 가장 닮았다. 어른스러우면서 착한 아이인 타카오, 기가 센 말괄량이인 토시코, 멍하니 있는 편인 타케후미. 같은 부모 아래 태어났는데도 왜 이렇게 다른 걸까 하고 어머니는 생전 자주 고개를 갸우뚱거렸다.

타케후미는 광장에 둥그렇게 모여 선 부모들의 틈바구니

에 끼어 이벤트를 지켜보았다. 때때로 캐릭터가 이쪽까지 다가와 아이들과 하이파이브를 했다. 모모카도 그때만은 발돋움을 하고 뺨을 사과처럼 발갛게 물들이며 즐거운 듯 식빵맨의 손을 만졌다.

이벤트가 끝난 뒤 가게 안쪽의 카운터에서 티켓을 구입해 박물관에 입장했다. 들어가자마자 플라스틱으로 만들어진 아이들 키 정도 되는 캐릭터 인형이 여기저기 놓여 있는 알록달록한 성이 두 사람을 맞이했다. 안쪽에 호빵맨 모양 열기구도 보인다. 모모카는 바로 메론빵 모양 머리를 한 인형을 손가락으로 가리키며 "메론빵맨!" 하고 외쳤다. 속눈썹이 있는 걸 보니 여자 아이인 모양이다.

"메로메로빔을 쏘는 거야! 그럼 모두들 사이가 좋아져."

"그거 멋진데. 나도 한번 맞아 보고 싶다."

"여기 있지, 호빵맨이 있어. 여기도, 여기에도, 아, 여기도 있다아."

모모카는 까아 하고 환호성을 지르며 달려 나갔다. 이 박물관이 상당히 익숙한 듯 했다. 벽이나 바닥에 그려진 호빵맨 일러스트를 재빨리 훑어본 뒤 타케후미에게 가르쳐 주려고 손가락질했다. 박물관 안에는 내부까지 확실히 재현한 잼 아저씨의 빵 공장이나 세균맨의 비밀기지 등 눈에 익은 건물이 잔뜩 전시되어 있어, 어른들이 보기에도 의외로 질리지 않았다.

잼 아저씨의 빵 공장 안에서 소꿉놀이를 시작한 모모카에게 "자 호빵맨 구워 주세요, 식빵맨 구워 주세요"라고 장단을 맞춰 주면서, 이것 참 대단하다는 생각에 내심 감탄했다. 호빵맨의 세계는 자신이 어린아이였던 이십몇 년 전과 거의 변함이 없이, 안정적으로 순수한 사랑과 용기와 평화를 보여 준다. 본 적 없는 캐릭터가 늘어나도 그 점만은 그대로이다. 호빵맨이나 잼 아저씨가 결코 변하지 않기 때문이다. 매일매일 조금씩 변하는 바람에 원래의 모습을 떠올릴 수조차 없는 진짜 고향 마을보다도, 상상 속 잼 아저씨의 빵 공장 쪽에서 솔직한 그리움이 느껴질 정도이다.

애니메이션을 상영하는 박물관 안 영화관 의자에 모모카를 앉힌 뒤 타케후미는 그 주변을 어슬렁대며 걸어다녔다. 도중에 이 박물관의 개관에 맞춰 원작자인 야나세 타카시가 보낸 사인지를 발견했다. 하늘을 날고 있는 간단한 호빵맨 그림 옆에는 '내가 하늘을 날아서 가고 있으니까 조금만 기다려, 반드시 널 구해 줄 테니까'라는 문장이 적혀 있다.

망설임 없는 헌신이 담긴 말을 바라보니 저도 모르는 사이에 가슴이 먹먹해졌다. 이런 깨끗하고 흔들림 없는 말을 듣고 싶었다. 그러나 누구에게? 짙푸른 색 원피스가 눈꺼풀 안쪽에서 팔랑거렸다. 그 숲 속 돌계단은 대체 어디였을까. 그런 곳을 어머니와 단 둘이서 걸었던 적은 분명 없었다.

미끄럼틀 같은 놀이기구가 있는 놀이터에서 모모카를 마음껏 뛰어놀게 하고 박물관 안 카페에 앉은 타케후미가 잠시 숨을 돌린다. 자신은 커피를, 모모카의 것으로는 아이스크림을 주문했다.

"오늘 왜 이쪽 집에 온 건지 엄마가 가르쳐 주었니?"

갑자기 세 살짜리 아이가 법사를 어느 정도 이해하는 것인지 흥미가 샘솟은 타케후미가 묻자, 모모카는 바닐라 아이스크림을 먹으면서 눈을 깜박였다.

"알고 있어! 그러니까, 엄마의 법사."

"엄마가 아니라, 엄마의 엄마. 삼촌과 엄마의 엄마니까 모모카에겐 외할머니지."

"할무니, 알고 있어."

"거짓말. 만난 적도 없으면서."

모모카가 태어난 것은 타케후미의 어머니가 돌아가시고 3년 뒤의 일이다. 마치 호빵맨 캐릭터 중 하나의 이야기를 하듯이 알고 있다고 말하는 걸 듣자, 느닷없이 웃음이 새어 나왔다. 박물관 안에서도 벽에 그려진 캐릭터를 향해 손가락질하면서 모모카는 여러 가지 이름을 말했지만, 주의해서 들어 보면 꽤 많은 캐릭터를 하마 군 혹은 토순이라고 부르고 있었다. 아무래도 이름을 떠올리지 못한 캐릭터는 뭐든지 하마 군이나 토순이라고 부르는 모양이었다. 건성으로 적당히 말해 버리는 부분은 어릴 적 자신과 똑같다.

손목시계의 바늘이 오후 세 시를 가리키고 있었다. 토시코가 말한 시간이 되려면 아직 멀었다. 모모카의 기분은 훨씬 나아졌지만 부엌은 아직도 바쁠 게 분명했고 다다미방에서 나누는 대화도 그렇게 즐거운 것은 아니니, 어딘가에서 조금 더 시간을 보내고 싶었다. 호빵맨 박물관 따위는 어차피 어린애들을 위한 시설이라고 얕보았는데 이곳에서 의외로 즐거운 시간을 보냈다. 모모카의 기분전환이란 목적에서 벗어나긴 하지만 이대로 한 군데 정도 그리움을 느낄 만한 곳에 들렀다 가도 괜찮지 않을까. 어딘가 그런 곳이 없었나. 어릴 적에 가 보고 그 뒤로는 완전히 발길을 끊은 장소. 어른이 된 지금이라면 그때와는 다른 시점에서 즐길 수 있을 것 같다.

갑자기 어둠침침한 숲 속에서 필사적으로 다리를 끌어올려 가면서 땀에 젖어 돌계단을 오르던 감각이 머리 한구석에서 뛰쳐나왔다. 자아, 하나 둘, 하나 둘. 여선생님이 경쾌한 목소리와 함께 손뼉을 치고 있다. 조금만 더 가면 돼. 자 힘내라, 힘내라.

생각났다. 초등학교 소풍 때의 일이다. 향토 역사를 배우는 수업의 일환으로 다테 마사무네*의 묘지인 '즈이호우덴'을 방문했다. 수많은 돌계단을 올라 녹초가 된 기억만이 선명했고, 정작 즈이호우덴이 어땠는지는 전혀 생각나지 않는다. 어린아이의 기억이란 얼마나 엉성한 것인지 신기하다는 생각마저 들었다.

"모모카, 이 다음에 잠깐 샛길로 새었다 가도 될까?"

샛길이란 표현을 이해하지 못한 것인지 갸웃거리던 모모카는 곧 고개를 끄덕였다. 어찌됐건 좋은 모양이다.

"다테 마사무네 공을 만나러 가자."

---

* 센고쿠 시대와 에도 시대(1567~1636)에 걸쳐 센다이 지방에서 활약한 다이묘(지방 영주)

"마샤무네고?"

"이 마을을 만든 사람이야."

카페에서 계산을 마치고 모모카가 칭얼거릴 때 줄 생각으로 호빵맨 모양을 한 초콜릿을 산 뒤 박물관을 나왔다. 다시 핑크색 비츠를 타고 이번에는 센다이 역 서쪽 출구 방면을 향했다. 분명 여기였었지, 하고 한참을 헤맨 끝에 오타마야 다리를 건너 주차장에 차를 세웠다.

타케후미는 오래된 주택이 늘어선 언덕배기 일대를 가벼운 기분으로 둘러보았다. 이 부근은 풍경이 그다지 변하지 않은 느낌이다. 근처에 살던 친구가 있어서 학생 시절 몇 번인가 자전거를 타고 놀러 오곤 했었다. 그러나 즈이호우덴 그 자체를 찾은 건 정말 초등학교 소풍 이래로 처음 같았다. 확실히 그 지역에 살고 있으면 너무 가까운 관광지에는 거의 발걸음을 하는 일이 없다. 달콤한 것을 파는 가게나 상점들이 늘어선 완만한 언덕을 오른 두 사람은 삼나무 가로수가 있는 산책로에 발을 들였다.

여기 언덕이 이렇게 길고 가팔랐었나. 타케후미는 우선 비탈길을 올려다보면서 후회했다. 모모카를 데리고 가는 것은 힘들지도 모르겠다. 입구에서 참배객을 위한 지팡이를 나누어 줄 정도로 가파르다.

와 버린 이상 별 수 없지, 하고 각오를 다지며 걷기 시작했다. 예상대로 언덕을 4분의 1도 채 오르지 못한 지점에서 모모카가 "발 아파, 안아 줘"라며 두 팔을 벌렸다. 타케후미는 따뜻하고 촉촉한 모모카의 몸을 등에 업고 넘어지지 않도록 신중히 언덕을 올랐다. 언덕 앞뒤로 관광객처럼 보이는 젊은 여자나 유모차를 밀고 가는 가족 단위 방문객이 자신과 같이 힘겹게 몸을 앞으로 굽힌 자세로 발을 옮기고 있었다.

참배를 마친 듯한 여자 한 명이 언덕 위쪽에서 이리로 내려오고 있었다. 방해가 되지 않도록 길 왼쪽으로 약간 비켜서서 스쳐 지나가려는 순간, 타케후미는 여자의 코 옆에 난 커다란 사마귀에 시선을 빼앗겼다.

"……아이카와?"

느닷없이 떠오른 이름을 입에 올리자 그녀는 발을 멈추고 튀어오르듯 뒤를 돌아보았다. 통통하고 둥근 얼굴에 새카맣고 커다란 눈동자, 쉴 새 없이 수다를 떠는 살짝 튀어나온 입, 그리고 작은 코 옆의 커다란 사마귀. 역시 맞았다. 눈꼬리에 주름이 생기고 기분 탓인지 눈썹이 전보다 날카로워진 것 같았지만, 틀림없이 중학교 2학년 때 같은 반이었던 아이카와 토모코다. 여자는 물끄러미 타케후미를 바라보다가 "니시마츠 군?"이라며 상기된 목소리로 말했다.

"아, 역시나. 오랜만이야."

"어머, 거짓말! 이런 데서 뭐 하고 있는 거야? 그 아이는 딸? 어머, 어머나, 니시마츠 군 결혼했어?"

흥분했는지 아이카와의 목소리가 점점 높아졌다. 아이카와의 목소리는 변함없이 쨍쨍 잘도 울려퍼지는구나 라는 생각이 들자 그리움이 밀려와 얼굴 표정이 부드러워졌다.

"아냐, 조카딸. 법사가 있어 이쪽에 돌아왔는데 일이 좀 생겨서 시간 때울 겸 여기저기 다니고 있었어."

"그래도 그렇지 굳이 이런 데 오지 않아도 되는데. 싫다, 진짜 웃겨. 조카가 참 귀엽네."

"아이카와는 여기 왜 온 건데?"

"난 운동하러. 임산부는 많이 걸어야 하거든. 여기를 오르락내리락 하면 체력도 붙고 하니까."

그렇게 말하며 토모코는 가볍게 배를 두드렸다. 그제야 겨우 길다란 티셔츠 아래 가려진 그녀의 배가 약간 나와 있는 걸 깨달았다.

"어라, 둘째던가. 얼마 전 동창회 때 어린애를 데리고 왔었지?"

"동창회라고 해도 벌써 한참 전 일이잖아. 큰 애는 벌써 초등학교에 입학했어."

"오오, 여러 가지로 축하해."

모르는 사람과 이야기하고 있기 때문일까. 등 뒤에서 모모카가 지루한 듯 다리를 흔들어댔다. 삼촌 친구야, 하고 소개하자 모모카는 토모코를 지그시 바라보더니, 몸을 움츠려 타케후미의 등 뒤로 숨어 버렸다. "낯가림을 하는구나. 우리 아이도 이런 느낌인데" 하고 토모코는 즐거운 듯 눈을 가늘게 떴다.

한 번 더 올라갔다 내려올 거라는 토모코의 말에 타케후미는 그녀와 나란히 언덕을 오르기 시작했다. 토모코가 있는 쪽 팔이 왠지 간질거리는 느낌에 중학교 2학년 때의 겨울이 문득 떠올랐다.

난방을 한 덕분에 창문에 뿌옇게 김이 서린 교실을 청소하는데, 집에 갈 준비를 마치고 입 근처까지 머플러를 둘둘 감은 토모코가 "잠깐만 와 봐" 하고 손짓을 하며 타케후미를 불렀다. 마침 두 사람 모두 체육위원이라, 거기에 관한 연락사항인가 하는 얼빠진 생각을 하며 그 뒤를 따라갔다. 그러나 예상과는 달리 인적이 드문 복도 구석에서 토모코는 "네가 좋아져 버렸어"라고 고개를 숙인 채 고백했다.

그 순간 눈앞에서 벌어진 일을 이해할 수 없었다. 싹싹하고 말수가 많은 토모코는 학급에서도 남녀를 불문하고 친구가 많았다. 이는 곧 그녀가 여자로 의식하기 힘든 캐릭터라는 의미이기도 했다. 토모코는 붙임성 있는 생김새이긴 하지만 미인은 아니었다. 떨리는 토모코의 머리를 바라보면서 선머슴 같은 애도 사랑이란 걸 하는구나, 하고 무척 실례되는 생각을 했던 기억이 난다. 그리고 자신은 그때 같은 학년에서 가장 귀엽고 청초한 옆 반의 하야시를 좋아하고 있었다.

"치, 친구로 그냥"이라고 어색하게 말을 꺼내자, 토모코는 귀까지 새빨개져서는 머플러에 얼굴을 묻고 몇 번이고 고개를 끄덕였다.

다음 날 교실에서 얼굴이 마주쳤을 때 토모코는 마치 아무일도 없었던 것처럼 태연하게 인사를 건넸다. 오히려 타케후미 쪽에서 어색한 기분이 드는 바람에 점점 사이가 멀어져 버렸다. 그때부터 졸업까지 딱히 친해질 일도 없었고, 몇 년 전 동창회에서 만나 인사를 한 것이 오랜만의 접점이었다.

그런 토모코와 이렇게 나란히 산책을 하고 있으니 우연이란 참 이상한 것이라는 생각이 들었다. 안정기에 접어들어 주 삼일은 걷기 운동을 한다는 토모코는 그 덕분인지 튼튼하게 근육이 잡힌 두 다리를 씩씩하게 움직이며 앞으로 나아가고 있었다.

이윽고 언덕이 끝나고 즈이호우덴의 입구로 이어지는 돌계단이 보였다. 타케후미는 사회 시간에 배운 지식을 기억의 저편에서 떠올려 보았다.

"뭐더라, 저, 다테 가(家)랑 관련이 돼 있었지, 계단의 단수가."

"아, 맞아, 62단인가 63단인가였지. 그게, 다테 가의 석(石)이던가? 녹(祿)이었나?* 대충 그런 걸 기반으로 하고 있을걸, 아마."

"굉장히 적당한 소린데."

"아, 역시 안 돼. 사회 시험 문제 따위 이제는 전혀 못 풀겠는걸."

토모코는 타케후미의 얼굴을 마주보며 카랑카랑 웃었다. 올라갈까, 하고 각오를 다지며 올려다 본 돌계단은 꿈 속 풍경과 놀랄 만큼 닮아 있었다. 양 옆에 선 푸릇푸릇한 큰 삼나무에 둘러싸인 옅은 푸른색 봄 하늘은 무척이나 높고도 아름

---

* 석, 녹 모두 지방 영주가 받는 급여의 단위이다.

답게 보였다.

꽤 오랫동안 아무런 반응이 없기에 이상하다는 생각이 들어 고개를 돌려 보자, 모모카는 마치 스위치가 꺼진 것처럼 눈을 감고 잠들어 있었다. 호빵맨과 함께 신나게 놀았던 덕분이다. 그대로 자게 내버려 두기로 하고 타케후미는 부드러운 몸을 고쳐 업은 뒤 돌계단에 발을 올렸다. 힘을 실어 몸을 들어 올리자 언덕을 오르느라 이미 지친 무릎에 찡 하고 뜨거운 통증이 스며들었다. 몇 걸음 걷자마자 곧 숨이 끊기고 호흡이 거칠어졌다.

"하지만 아이가 아직 저학년이긴 해도, 몇 년 지나면 대학입시라던가 하는 게 있잖아. 그때가 되면 교과서를 다시 한번 훑어보고, 나도 아이가 공부하는 걸 조금은 봐 줘야 하지 않을까, 생각하고 있어."

옆에서 걷는 토모코도 숨이 찬 건지 말의 간격이 점점 짧아지고 있었다. 흐응, 하고 대꾸하던 타케후미는 무의식 속에서 토모코의 아이가 몇 살인지 헤아리는 자신을 깨달았다. 동창회에 데려온 아이는 분명 모모카 정도의 나이였고, 동창회가 5년 전이었으니 당시 세 살이었다고 한다면 올해 여덟 살인가. 8년 전에 태어났다면 아직 늦지 않았을 때였다. 어머니에게 손자의 얼굴을 보여 줄 수 있었다. 너희들은 세 명이나 되면서 한 명도 엄마가 하는 말을 듣지 않는구나. 정원의 동백꽃을 향해 푸념을 늘어놓는 어머니의 뒷모습을 떠올렸다.

"그래도 참, 대단한데."

"응?"

"지금처럼 다들 느지막이 결혼하는 시대에, 제대로 일찍 결혼해서 아이를 낳고 부모님께 효도하다니."

토모코는 이상하다는 표정을 지으며 고개를 갸우뚱했다. 빈정대는 듯한 뉘앙스로 말해 버렸다는 걸 타케후미가 뒤늦게 깨닫고 황급히 입을 열었다.

"아니, 그런 뜻이 아니라. 아, 우리 집은 내 위로 형이랑 누나가 한 명씩 있는 삼남매인데 말이야. 다들 어머니가 살아 계신 동안에 손주 얼굴을 보여 드리지 못 했거든."

"어머, 설마 법사란 게."

"응, 맞아. 어머니의 7주기. 6년 전 뇌졸중으로 돌아가셨어. 쓰러지기 전 손주가 보고 싶다 손주가 보고 싶다 하고 계속 말하셨으니까. 하지만 제일 큰형은 결혼하고도 무슨 일인지 쭉 아이가 생기지 않았고, 누나도 결혼은 했지만 상대 남자의 여자관계가 복잡해서 이래저래 잘 풀리지 않았고, 난……, 도쿄에선 결혼이 더 늦으니까. 아직 상관없잖아. 내 좋을 대로 하게 내버려 둬, 하고 생각하는 사이 시간이 흘러가 버렸지. 어머니가 돌아가시고 3년 뒤 이 녀석이 태어났지만, 이미 때가 너무 늦었다고 우리들끼리 자주 얘기하곤 해."

생각해 보면 아버지가 돌아가신 뒤 어머니는 그다지 행복해 보이지 않았다. 항상 넋이 나간 것처럼 외로워 보였다. 타카오가 결혼했을 때에는 무척이나 기뻐했지만, 카나코 씨와 성격이 맞지 않아 같이 사는 동안 트러블이 끊이지 않았다고 한다. 과거 만나던 여자와의 관계를 정리하려 하지 않는 남편 문제로 속을 태우던 토시코에게는 남들의 시선에만 신경을 쓴 쓸데없는 조언을 해서 큰 싸움이 일어나기도 했다.

그리고 그 즈음부터 타케후미에게 돌아오라며 연락하는 빈도가 크게 늘었다. IT 버블이 이러쿵저러쿵 하는 묘한 이유를 붙이고는 있었지만 결국은 자기 편이 필요했던 것뿐이리라, 마침 타케후미는 신입 생활을 마치고 열정적으로 업무를 해 나가며 회사 안에서의 입지를 굳히는 데 분주한 시기였다. 이쪽은 이쪽대로 열심히 노력하는데 어머니가 돼서 왜 알아주지 못하느냐며, 타케후미는 그런 어머니를 귀찮다고 생각해서 때로는 걸려 오는 전화마저 무시했다. '세 명이나 있는데'란 말은 어느 순간 어머니의 입버릇이 되어 버렸다. 너희들, 엄마를 조금도 소중히 여기지 않는구나.

소중히 여기고 싶다는 마음이 들지 않았다. 원래부터 엄했던 성격은 나이가 드는 것과 동시에 더욱 날카로워졌다. 카나코 씨에 대한 불평불만만을 늘어놓는 어머니와의 길고 긴 전화통화는 타케후미 입장에서 그저 고통스럽기만 할 뿐이었다. 그러나 어딘가 조금 기대하고 있었는지도 모른다. 언젠가 어머니도 조금은 원만해져서 '너희들도 이제 어른이 됐으니까 자신의 길을 걷는 데 온 힘을 다 하렴'이라고 말해 줄 때가 오겠지 하고.

설마 그 전에 어머니가 돌아가실 줄이야 생각조차 하지 못했다. 오래된 마을 풍경과 마찬가지로 어머니 또한 흘러 지나갔다. 화해도 결론도 없는 희미한 혼란만을 남기고.

돌계단을 절반 정도 올랐을 무렵 모모카가 눈을 떴다. 곰실대며 움직이기 시작하는 걸 느끼고 마침 잘됐다고 생각하며 등에서 내려 주었다. 모모카는 등 뒤의 돌계단을 돌아보며 "높아, 엄청 높은데" 하며 들뜬 목소리로 외쳤다. 타케후미는 딱딱하게 굳은 허리를 뒤로 젖혀 쭉 펴면서 모모카가 아래로 굴러 떨어지지 않도록 손을 잡았다. 다시 계단을 오르기 시작하고 나서 한동안 생각에 잠겨 있던 토모코가 천천히 입을 열었다.

"그야, 우리 엄마도 아이가 생겼을 땐 기뻐하셨지. 하지만 효도를 하기 위해 아이를 낳은 건 아니니까 말이야."

"아, 부모님의 의견이라거나 남들의 시선에 떠밀려 가는 것 같아서 주체성이 없어 보였나."

"아니, 아니야. 우리 집은 우리가 하고 싶은 대로 하던 중 어쩌다 보니 부모님이 기뻐하시는 그런 방향으로 일이 풀려서, 이것저것 고민하지 않고 넘어가서 다행이었다는 거지. 그러니까 대단하다거나 대단하지 않다거나 얘기할만한 건 아니라고 생각해."

"아이카와는 빨리 아이를 갖고 싶다고 생각했던 거야?"

"응. 난 맞벌이 부모님 아래서 외동으로 자랐으니까. 집이 쥐죽은 듯 조용한 게 싫었거든."

몰랐었다. 중학교를 다니는 3년 동안 매일 같은 건물에서 생활했지만 동급생들끼리 이처럼 절실한 감정이 담긴 이야기는 거의 한 기억이 없다.

간신히 돌계단 꼭대기가 가까워져 왔다. 저려 오는 무릎에 손을 갖다 대며 계단 꼭대기에 올라 숨을 한 번 쉰 타케후미는 입장권 판매소에서 티켓을 샀다. "기왕 여기까지 온 거 나도 오랜만에 들어가 볼까?"라며 토모코도 지갑을 열었다. 세 사람은 곧 즈이호우덴의 정문에 도착했다.

"열반문."

간판에 쓰인 글자를 읽은 순간, 머릿속에서 찰칵 하고 자물쇠가 열리는 소리가 들렸다. 알고 있다. 열반문, 열반문. 열반문이 무서웠다.

"생각났어. 초등학교 소풍으로 처음 여기에 왔을 때 담임 선생님이 열반문을 열고 들어간 그 앞은 사후세계라고 설명하셔서, 엄청나게 무서워했었지."

"아하하하, 상당히 조잡한 설명 방법이었네."

안내판은 열반문에 대해 「'열반'이란 '번뇌를 벗어난 깨달음의 경지에 다다른 상태'를 의미하며, 넓게는 '사후세계'라는 의미도 됩니다.」라고 설명하고 있었다. 번뇌니 깨달음은 초등학교 저학년에게는 너무 어려우니까 담임선생님은 '사후세계' 부분만을 설명했을 것이다.

그래서 꿈속에서 어머니와 돌계단을 올라간 거구나, 라고 짧게 납득했다. 그리고 돌계단의 앞은 사후세계, 라는 이상한 고정관념도 생겨 버렸다. 타케후미는 문 옆의 출입구를 통해 안으로 들어갔다.

"또 계단인가……."

"뭐야, 잊어버렸어?"

미소를 머금은 토모코를 따라서 아까 전의 참배길보다도 더욱 단차가 큰 계단을 올라갔다. 마침내 휴게소 건물 안으로 들어가자 주변이 환하게 빛나 보일 만큼 눈부시게 아름다운 사당이 모습을 드러냈다.

건물의 생김새는 지극히 심플해서, 사각뿔이 커다랗게 튀어나온 지붕 아래로 검은 색 정사각형 건물이 붙어 있는 모양이다. 문이나 창틀에는 다테 가의 문양을 시작으로 섬세한 금빛 장식이 그려져 있고, 무심코 고개를 들어 본 지붕과 건물의 경계 부분에는 화려한 색을 듬뿍 써서 그려진 날아오르는 천녀나 아름다운 날개를 가진 새와 같은 열반의 풍경이 정밀히 새겨져 있었다.

빨강, 파랑, 노랑, 녹색. 너무 많은 색을 쓸 경우 자칫 잘못하면 번잡한 인상이 되기 쉬운데, 검은색 벽과 금빛 문양이 전체적인 인상을 확실히 잡아 주어 보면 볼수록 잔잔한 조화로움이 느껴졌다. 죽은 자를 기리는 사당인데도 화려하며, 그럼에도 조용하고 맑았다. 신기한 건물이었다. 등 뒤로 8할 정도 꽃을 피운 벚나무가 크게 가지를 뻗은 채 엷은 분홍색으로 빛나고 있었다.

"어라, 이렇게 아름다웠나?"

"아름답지. 다른 현에서 온 친구들을 가끔 데려오곤 하는

데, 다들 기뻐하던걸."

"어릴 때는 몰랐는데. 벚꽃도 좋구나."

"다행이네. 난 활짝 피기 직전의, 딱 이 정도로 핀 벚꽃이 제일 좋아."

모모카는 건물을 흘끗 본 것만으로 흥미를 잃은 듯, 건물 주변에 깔려 있는 하얀색의 굵은 자갈을 신발 끝으로 흐트러 뜨리며 놀고 있었다.

구경을 끝내고 방금 전 지나왔던 사당 정면의 휴게소 벤치에 앉아 잠시 숨을 돌렸다. 호빵맨 초콜릿을 내밀자, 모모카는 크게 기뻐하며 입에 넣었다. 뺨을 불룩하게 부풀린 태평한 옆모습을 바라보고 있자니 초등학교 때의 자신과 같은 상황에 맞닥뜨리게 하고 싶다는 짓궂은 마음이 샘솟아올랐다.

"모모카, 아까 지나온 문은 열반문이라고 하는데, 죽은 사람이 지나는 문이야. 사실 모모카랑 우리들도 아까 죽어 버렸단다. 이제 여기서부터는 귀신이 득시글대고 있는 거야."

"하지 마, 어른스럽지 못하게."

토모코가 한심하다는 표정을 하며 타케후미의 등을 찰싹 내리쳤다. 무서워하는 건가 생각했지만 뜻밖에 모모카는 천연덕스런 얼굴로 우물대고 있던 초콜릿을 꿀꺽 삼켰다. 타케후미가 한 말의 의미를 이해하지 못한 듯이 고개를 갸우뚱거리고 있었다.

"모모카도 알고 있어. 할머니랑 왔었는걸."

"할머니?"

"할머니랑……, 녹색 경단, 만들었어."

"경단?"

"응, 녹색의 달콤한 거. 경단 먹었어."

이 안에서 경단 같은 걸 팔았던가, 하고 토모코와 타케후미는 서로 얼굴을 마주보았다. 모모카는 경단을 떠올리고 기분이 좋아졌는지 즉흥적으로 '경단을 먹었다'란 노래를 만들어 부르고 있었다. 이미 토모코에 대한 긴장감은 사라져 버린 모양이다. 토모코는 잠시 생각에 잠겼다가 입술을 삐죽 내밀었다.

"하지만 어린애들이란 원래 이런 이상한 이야기를 하곤 하니까. 우리 애도 그랬는걸, 태어나기 전 엄마랑 아빠가 보였다던가 뭐라던가."

"흐응."

그렇다면 모모카는 태어나기 전 할머니랑 만나서 경단을 먹었던 걸까. 또다시 호빵맨 어린이 박물관에서처럼 얼토당토않은 소리를 하고 있는 건지도 모르지만, 정말 어머니와 만났던 거라면 좋겠다고 생각하면서 모모카의 머리카락을 쓱쓱 쓰다듬었다.

즈이호우덴을 떠나면서 타케후미는 뒤를 돌아보았다. 벚꽃 덕분에 엷은 복숭앗빛 안개를 두른 듯한 열반의 풍경은 마음이 들뜰 만큼 아름다웠다. 마사무네 공, 사라져 가는 것을 계속 바라보는 건 어떤 느낌입니까? 난 그다지 마음에 들지 않는군요. 나 자신만 홀로 우주를 떠다니고 있는 것 같아서 아무리 생각해도 허무하기만 합니다.

어울리지 않는군, 하고 쓴웃음을 지으며 타케후미는 그 자리를 뒤로 했다. 앞에 본 것과 비슷하게 현란하고 호화로운 2대 번주 다테 타다무네 공을 기리는 칸센덴, 3대 번주 다테 츠나무네 공을 기리는 젠노덴을 돌아보고 나서 세 사람은 계단을 내려와 슬슬 돌아갈 채비를 했다.

"아이가 돌아올 테니까 나도 이제 집으로 돌아가야지."

주차장에서 헤어질 때, 토모코는 그렇게 말하며 천천히 한쪽 손을 내밀었다.

"응?"

"저, 악수하고 싶은데, 괜찮을까?"

"상관은 없지만……."

토모코가 갑자기 얌전해지자 묘하게 부끄러워졌다. 뭐지, 하고 생각하며 타케후미가 토모코의 손을 잡았다. 촉촉하고 뼈대가 가느다란, 흔하디 흔한 여자의 손이다. 손톱이 짧고 매니큐어를 바르지 않았다는 점에서 어머니의 손이라는 인상도 있다. 3초 정도 지난 뒤 손을 떼고, 토모코는 갑자기 커다란 해바라기가 피어나는 것처럼 명랑한 미소를 띠었다.

"아, 기쁜데! 미안, 이상한 소릴 해서. 있잖아, 역시 첫사랑이니까 말이지. 학교 다닐 때 항상 딱 한 번만이라도 좋으니까 손잡아 보고 싶다고 생각했었거든. 하지만 동창회에선 그런 부탁은 할 수 없었고. 좋은 기억 만들어 줘서 고마워."

"뭐야 그게. 아니다, 나야말로 고마워."

"아, 오랜만에 두근두근 했어."

"그거 다행이네."

타케후미는 오히려 고맙다는 말을 하고 싶은 건 자신 쪽이었다고 생각했다. 토모코가 고백해 준 덕분에 타케후미는 그 뒤 커다란 자신감을 가질 수 있었다. 사춘기의 거추장스런 울적함 속에서도 '그래도 날 좋아해 준 사람이 있었다'는 기억은 확실히 마음을 편하게 해 주었다.

중학교 3학년 여름이었나, 다른 반이 된 토모코가 고등학생과 사귀고 있다는 소문을 듣고 나서 이유 없이 가슴에 파문이 일었던 기억이 있다. 자신이 가지고 있던 것을 다른 누군가에게 넘겨 준 것 같은 기분이었다. 토모코는 타케후미에게 있어서 아주 먼 옛날 흘러간 여자아이였다. 그리고 그런 여자아이와 다시 한 번 만났다.

"다음번 동창회에서 보자. 건강한 아이 낳고."

"응, 태어나면 데리고 갈게."

바이바이, 하고 운전석에서 손을 흔들며 토모코는 파스텔 컬러의 경차를 타고 사라졌다. 타케후미도 모모카를 카시트에 태우고 집을 향해 출발했다. 결국 약속한 시간에 조금 늦어 버리고 말았다.

현관을 열자마자 "늦었잖아" 하고 토시코의 화난 목소리가 달려들었다.

"스님이 벌써 와 계신다고. 게다가 뭐니, 등에 온통 흙이 튀어 있잖아. 정말 어딜 갔다 온 거야. 자, 꼴불견이니까 얼른 재킷 걸쳐서 가리렴. 어머, 모모카도 입 주변에 뭘 묻히고 있는 거니? 초콜릿? 삼촌이 사 준 거야?"

분주하게 움직이는 토시코의 재촉에 타케후미는 다다미방으로 향했다. 이럴 때 토시코의 말투는 정말이지 어머니와 똑 닮았다.

장지문을 열자 나가기 전보다 훨씬 많은 스물다섯 명 정도의 참가자가 스님의 도착을 기다리고 있었다. 방이 좁았는지 옆방과 이어지는 장지문도 열려 있다. 바닥엔 방석이 깔끔하게 놓이고, 불단 주변에는 넘칠 듯 수북한 과일과 과자 등이 차려져 있다. 타케후미는 "이런, 죄송합니다" 하고 사과를 하며 타카오의 옆에 놓인 방석 위에 앉았다. 타카오가 "왔냐" 하고 고개를 끄덕였다.

"늦었네, 어딜 다녀온 거야."

"호빵맨 박물관이랑 즈이호우덴."

"뭐야, 꽤나 극단적인걸."

이야기를 나눌 틈도 없이 현관 쪽이 웅성거리는 소리를 듣고 스님이 도착한 것을 알아차렸다. 3주기 때 왔던 나이 든 스님의 친척뻘이 된다던가 하는, 40대 정도의 확실히 젊은 남자였다. 다다미방에서 잠시 휴식을 취하며 간단한 인사와 잡담을 나눈 뒤 독경이 시작되었다. 낭랑하게 울리는 목소리에 이끌려 타케후미도 자연스레 눈을 감았다.

벚꽃이 피고, 천녀가 춤을 추며, 새가 노래하고, 사자가 달린다. 화려한 이세계의 풍경이 눈꺼풀 안쪽에 펼쳐졌다.

회식이 끝나고 참가자들이 모두 집으로 돌아간 것은 오후 일곱 시를 넘긴 시간이었다. 마지막 한 사람까지 배웅한 뒤 부엌으로 돌아온 토시코와 카나코 씨는 서로의 건투를 칭찬하며 하이파이브를 했다. 몇 명인가 있던 친척 여자들의 손을 계속 빌리면서도 배달 초밥 외에 튀김, 조림, 찜이며 국물 요리 등 다채로운 음식을 인원수만큼 준비했으니 고된 일이 었음에 틀림없다. 타케후미는 뒷정리를 돕고 나서 평소보다 더 텅 비어 보이는 다다미방에 들어가 한숨 돌렸다. 그 옆에는 지칠 때로 지친 타카오가 벌렁 드러누워 있었다.

"모두들 고생 많았어요."

분명 피곤할 텐데도 털끝만큼도 표정을 흐트러뜨리지 않은 채 생글생글 웃으며 카나코 씨가 차를 가져왔다. 타케후미는 그럴 리가요, 형수님이야말로 고생 많으셨습니다, 하고 감사의 말을 전하며 차가 들어 있는 찻잔을 받아들었다.

"이번에도 어떻게든 끝냈군. 다음은 내년에 있는 아버지의 23주기인가."

대낮부터 한밤중까지 계속 손님맞이를 하고 있었던 타카오가 넥타이를 느슨하게 풀며 중얼거렸다. 그러네, 하고 대꾸하는 타케후미를 향해 타카오는 '너, 아저씨 아줌마들 상대하기 귀찮으니까 일부러 늦게 돌아온 거지?'라며 눈총을 주었다.

그런 식으로 말한다 한들 자신은 타카오만큼 주변의 이야기를 쉬이 들어 넘기지 못하는 성격이다. 오늘 회식 도중에도 "안사람의 취미겠지만, 집의 정원이나 가구를 너무 멋대로 바꾸는 건 좀 그렇지 않은가", "싸구려 취향이구만", "요시노 씨도 그런 건 가르치지 못했던 모양인걸" 하며 개인적인 가정사를 당연한 듯 화제로 올리는 사람들의 말에, "이 집에선 당신들 쪽이 외부인 아닙니까?" 하고 그만 쓸데없는 소리를 할 뻔 했다. 타카오라면 떠들고 싶은 만큼 실컷 떠들게 내버려 둬, 라며 웃어 넘겼을 게 분명하다. 그런 귀찮은 일을 전부 형이나 누나에게 떠넘겨 왔던 결과가 이제 와서 되돌아오고 있었다.

"카나코 씨."

"네에?"

"카나코 씨는 유채꽃 좋아해요?"

"아, 저거 말이군요."

카나코 씨는 정원 구석을 가리켰다. 달빛 아래서도 정원의 그 부분만은 밝은 빛을 머금고 있었다.

"동백나무가 병에 걸려 시들어 버렸거든요. 어머니가 가장 소중히 아끼던 나무였으니까, 주인이 없어진 걸 알고 따라갔는지도 모르겠네요. 그래서 기왕 심을 거라면 보기에 예쁘면서도 먹을 수 있는 꽃을 심어 볼까 하고 유채꽃을 심었죠. 맛있었어요. 3월 끝 무렵에 꽃봉오리를 엄청나게 많이 땄거든요. 슈퍼에서 샀다면 비쌌겠지만, 덕분에 마음껏 나물도 무치고, 튀김도 만들고⋯⋯. 아, 맞다. 냉동시켜 둔 게 아직 많으니 가져가실래요? 그대로 해동시켜서 간장만 뿌리면 바로 먹을 수 있으니까. 잠깐 기다려요."

기운차게 말을 꺼낸 카나코 씨는 슬리퍼를 탁탁 끌며 부엌으로 향했다. 아무래도 흐릿한 빛무리처럼 우거진 유채꽃밭이 조화로운 어머니의 정원을 망치고 있다는 생각 따위 요만큼도 하지 못했음이 틀림없다. 카나코 씨는 밝고 천진난만하며 대범한, 지금까지 이 집에 없던 타입의 사람이었다. 그러니 모든 일을 세세하게 확실히 하지 않으면 마음을 놓지 못했던 어머니와는 궁합이 나빴을 수밖에 없다. 2층에서 호빵맨 DVD를 보고 있던 모모카를 데리고 내려온 토시코가 살짝 얼굴을 내밀었다.

"뒷정리도 끝났고 우리들은 슬슬 돌아갈게. 타케후미도 돌아갈 거지? 나 술 안 마셨으니까 역까지 차로 데려다 줄까?"

"오오, 고마워."

"토시코, 수고했다."

"오빠도 고생 많았어. 다음에 느긋하게 만나서 얘기하자."

타케후미는 타카오에게서 답례품 꾸러미를 건네받으며 졸려하는 모모카를 안아들었다. 그때 부엌에서 카나코 씨가 비닐봉투 두 개를 들고 얼굴을 내밀었다.

"타케후미 씨, 이거 가져가요. 토시코 씨도."

뭐야, 뭔데? 하고 이야기에서 빠져 있던 토시코가 고개를 갸웃거렸다.

"올해 딴 유채꽃 봉오리예요. 잔뜩 냉동시켜 놨거든."

"와, 고마워요. 잘 먹을게요. 우동 먹을 때 넣어야겠네."

"모모카도 바이바이."

카나코 씨가 손을 흔드는데도 모모카는 여전히 꾸벅꾸벅 졸고 있었다. 모모카를 깨우지 않도록 조심스레 카시트에 태우고 타케후미는 비츠의 조수석에 올라탔다. 현관까지 배웅을 나온 타카오와 카나코를 향해 창문 너머로 인사를 한 뒤 세 사람을 태운 차가 출발했다.

밤의 어둠에 둘러싸인 순간 길고 긴 하루가 겨우 끝났다는 생각이 들었다. 타케후미는 스마트폰으로 신칸센의 운행 시간을 찾아보며 앞을 달리는 자동차의 빨간 후미등을 멍하니 바라보았다. 마침 퇴근시간대와 겹친 듯 길은 조금 붐비고 있었다.

"누나, 어머니가 돌아가실 때의 일 기억하고 있어?"

신호대기 중 툭 하고 말을 던져 보자 토시코는 살며시 고개를 기울였다.

"기억하고 있지. 오빠랑 아버지를 착각해서 다들 고생했었잖아."

"참, 그런 때마저 그런 역할을 해야 하는 게 형이란 거구나."

하하하하, 하고 두 사람은 한목소리로 웃었다. 지금이야 웃을 수 있지만 당시에는 무척 곤란했었다. 아침에 아무리 불러도 일어나시질 않는다면서 카나코 씨가 제일 먼저 눈치를 챘다. 이불에서 일어나려던 자세로 쓰러져 있던 어머니는 병원으로 옮긴 뒤에도 좀처럼 의식을 찾지 못했다. 전화를 받은 타케후미가 황급히 신칸센을 타고 도착했을 때, 병실에는 새파랗게 질린 얼굴을 한 토시코와 타카오, 카나코 씨가 모여 있었다.

그날 저녁 무렵, 정말 잠깐 동안 어머니의 의식이 돌아왔다. 앞이 잘 보이지 않는 듯 자꾸만 타카오를 세이지 씨, 라고 아버지의 이름으로 불렀다. 세이지 씨, 모자 여기에 있어요. 세이지 씨, 수박이 먹고 싶네요. 세이지 씨, 다음엔 아이들을 데리고 놀러 가지 않을래요? 처음엔 어쩔 줄 모르고 있던 타카오도, 병세가 너무 깊어 얼마 남지 않았다는 의사의 설명을 듣고 나서는 적당한 범위 안에서 대답을 하기 시작했다.

세이지 씨, 나 잘했던 거죠? 칭찬해 줄 거죠?

그처럼 당돌한 어머니의 말을 들으며 타케후미는 잔잔한 충격을 받았다. 엄마, 하고 부르자, 부드럽던 어머니의 목소리에 힘이 실렸다. 타케후미, 정신 똑바로 차려야 한다, 친구들과 사이좋게 지내야지, 남에게 상냥한 사람이 되거라, 하며 강하고 어머니다운 목소리가 되돌아왔다. 타카오나 토시코가 부를 때도 마찬가지였다. 아이들이 부를 때마다 어머니는 배에 힘을 넣고, 마치 반사적으로 흔들림 없는 어머니라는 역할을 다하려 했다. 그러나 환영 속의 아버지를 향해서는 '나를 보듬어 주세요'라며 눈꼬리를 적신 채 절실하게 하소연하고 있었다.

사실 타케후미는 어머니의 껍질을 벗어던진 '니시마츠 요시노'라는 한 사람의 여자와 이야기한 적 따위 한 번도 없었다. 무슨 생각을 하고 무엇을 좋아하며 어떤 것에 괴로워하고 있었는지 모른다. 아무것도 모르는 채, 어머니니까 무조건 우리들을 받아 주었으면 좋겠다, 호빵맨이 되어 주었으면 좋겠다, 하고 어른이 되고 나서도 마음속 어딘가에서 그처럼 바라고 있었다. 그렇게 해 주지 않는 어머니에게 화를 내고 멀어지면서, 그래도 이 사람이 자신에 대한 집착을 버리는 일 따위 없을 거라고 얕잡아 보고 있었다. 그런 건 싫다고, 병실에서도 그렇게 생각했던 기억이 있다. 어머니가 어머니가 아니라면 이상하잖아.

　　"뭔가 그때, 이미 우리들보다 아버지가 더 만나고 싶은 걸까 라는 생각을 하자 조금 섭섭했었어."

　　"설마 진짜로 병실에 마중 나와 계셨던 거 아냐, 아버지가? 그 모습이 보였다던가."

　　"아아, 그럴지도."

　　어머니와 자신이 완전히 타인이란 사실을 좀 더 빨리 받아들일 수 있었다면 조금 다른 방식으로 말을 걸 수 있었을까. 하지만, 깨달았을 때에는 이미 너무 늦은 뒤였다. 변변한 위로조차 하지 못한 채, 어머니는 다음 날 아침 호흡기에 합병증을 일으켜 먼 곳으로 흘러가 버리고 말았다.

　　"오늘 즈이호우덴에 다녀왔는데, 거기서 모모카가 이상한 얘길 했었어."

"흐응, 뭐라고 했는데?"

"할머니와 함께 초록색 경단을 만들어 먹었던 적이 있다고 하던걸."

토시코는 엉, 하고 얼이 빠진 듯한 목소리를 냈다.

"만난 적도 없는데?"

"그러게."

"뭘까. 으음, 뭐지. 초록색 경단?"

"달콤한 거라고 하던데."

"……설마, 즌다 떡*?"

"누나랑 같이 즌다 떡 만들었던 걸 착각하는 건가."

"내가 그런 걸 만들 리가 없잖아. 그렇게 손이 많이 가는 귀찮은 걸. 우리 집에서 먹을 때라면 앙금은 사다 먹는걸. 세상에, 그거 분명 엄마일 거야. 내가 일을 하니까 바쁘다면서 모모카에게 시중에서 파는 과자를 사다 먹이는 걸 저세상에서 내려다보며 이러쿵저러쿵 싫은 소리를 하고 있었던 거겠지. 그 사람과 헤어지고 싶다는 얘기를 했을 때도 그랬어. 그렇게 나이를 먹어서는 부끄럽지 않느냐는 둥, 내가 더 좋은 아내가 된다면 토시로 씨도 돌아올 거라는 둥, 이혼 같은 거 하면 대체 언제쯤 돼서야 손주 얼굴을 보여 줄 거냐면서 제멋대로 하고 싶은 말만 하고!"

토시코는 화가 치밀어 오르는 듯 핸들을 내리쳤다. 놀란 타케후미의 어깨가 흠칫 튀어 올랐다. 이상하다. 좋은 이야

---

* 삶은 풋콩의 껍질을 벗겨 으깬 반죽으로 앙금을 감싸 만든 떡으로 센다이의 특산품이다.

기로 토시코와 감동을 나누려 했을 뿐인데, 이상한 곳에서 분노를 끄집어내고 말았다.

"어, 어느새 그렇게 사이가 나빠져 있던 거야?"

"예전부터야. 너랑 오빠는 전혀 눈치 채지 못했겠지만, 우리 엄마는 남자랑 맞먹으려 하는 여자 따위 꼴불견이라는 남존여비 사상이 굳어 버린 사람이니까. 성인이 되고 나서도 아들과 딸은 다른 식으로 취급했다고. 아, 짜증나!"

"고생 많았네."

"너도."

하아, 하고 크게 한숨을 쉰 토시코는 입을 다물었다. 더 이상 쓸데없는 이야기는 하지 말아야겠다는 생각으로 타케후미도 입을 다문 채 길거리를 바라보았다.

이제 곧 역에 도착할 때 즈음, 토시코는 앞을 바라보는 채로 다시 한 번 입을 열었다.

"하지만, 우리들 다 결국 엄마랑 닮았더라. 엄마는 항상 우리들 모두가 말을 듣지 않는다고 화를 내고 있었지만, 난 항상 그게 당연한 거라고 생각하고 있었어. 다들 똑같아. 자기 하고 싶은 일만 하고, 제멋대로인 데다, 남들이 하는 말은 전혀 안 듣는 거. 오빠도 말이지, 무의식적으로 엄마랑 정반대인 사람을 배우자로 선택했고. 그러니까 말이야, 우리의 좋은 부분도 나쁜 부분도 전부 다, 엄마랑 아빠에게 물려받은 거야. 너무너무 싫었지만, 엄마에게서 물려받은 강한 성격 덕분에 난 지금까지 남들에게 지는 일 없이 모모카랑 잘 살아

왔던 거라고 생각해."

"누나는 강한걸."

"후훗. 그래서 말인데, 모모카가 어른이 되면 분명 엄마랑 똑같이 모모카도 날 싫어하게 될 거야. 시끄럽다든가 마음대로 단정 짓지 말라든가, 그런 식으로. 다 알고 있다고."

"그 땐 내가 중재해 줄 테니까."

"글쎄, 어떨까. 넌 전혀 미덥지 못해서."

타케후미는 웃으며 자신의 손 위로 시선을 떨구었다. 남들이 하는 이야기를 별로 듣고 싶어 하지 않는 성격은 역시 어머니에게서 물려받은 것 같았다. 토시코나 타카오를 보며 부모님의 그림자를 느낄 때도 많다. 마을은 변화하고, 가까운 사람들이 죽고, 집에 있던 동백꽃은 사라지고, 대신 새로운 샘물이 콸콸 솟아나오듯 유채꽃이 노란 꽃을 피우고 있다. 자신이 이곳에 머무르는 동안 사라지지 않을 것이 과연 있을까.

손을 앞뒤로 뒤집고 있는 사이 역 앞에 도착했다. 타케후미는 토시코에게 가볍게 인사하며 차에서 내렸다.

"그럼 내년 아버지의 23주기 때도 잘 부탁해. 그리고 도쿄에 오게 되거든 연락하고."

"알았어. 조심해서 돌아가. 모모……, 아, 자고 있구나."

"됐어, 자게 내버려 둬."

타케후미는 차창 너머로 침을 흘리며 자고 있는 조카의 얼굴을 슬쩍 들여다보았다. 핑크색 차체가 사라진 뒤에도 타케후미는 눈 안에 새겨 넣기라도 할 듯이 붐비는 역 앞 풍경을 바라보고 있었다.

　타케후미가 메구로에 있는 집에 도착한 시간은 밤 열한 시 가량이었다. 땀에 젖은 양복을 벗어던지고 샤워를 하자 몸에서 힘이 쭉 빠져나갔다. 뭐가 어쨌든 간에 몇 년에 한 번 있는 커다란 행사를 겨우 끝낸 참이었다.

　샤워를 마치고 펼쳐 본 답례품 꾸러미 안에는 가다랑어포나 김 따위의 건어물이 들어 있었다. 카나코 씨가 준 유채꽃 봉오리를 물에 넣어 해동시킨 뒤, 막 꺼낸 가다랑어포를 곁들여 간장을 친다. 이어서 차갑게 식은 맥주캔을 땄다.

　녹색과 노랑의 화려한 꽃봉오리를 한입 가득 밀어 넣었다. 쌉싸래한 봄 향기가 코를 따라 지나갔다. 어머니도 불단 위에서 시들어 버린 동백꽃을 안타까워하면서 이것을 먹었음에 틀림없다. 앞으로도 우리 가족은 이런 방식으로 서로를 사랑하고 미워하기를 반복해 가리라. 언젠가 열반의 길에 들어 만날 때까지.

　유채꽃이 담긴 접시를 조금씩 비워 나가며, 타케후미는 캔에 남은 맥주를 단숨에 털어 넣었다.

백목련 질 때

한 시간쯤 전부터 치사토의 아버지는 계속 같은 이야기를 반복하고 있었다. 상식이 없다, 그러지 않고서야 평일에 결혼식을 할 리 없지. 대답하는 어머니의 얼굴에는 귀찮다는 기색이 역력했다. 그 애가 하는 일은 평일에 쉴 수 있고, 남편 직장도 그렇다고 하니까요. 장사란 게 주말엔 절대 쉴 수 없고, 동료들이 오기에도 평일 쪽이 더 나으니까 그렇겠죠. 아버지는 안 그래도 험악한 목소리에 더욱 날을 세웠다. 그렇다고 해서 금요일에 결혼식을 하는 녀석이 어디 있어, 꼴불견이구만. 어른이 돼서는 자기 생각만 하고 말이야.

꼬리에 꼬리를 물듯 같은 내용을 몇 번이고 반복하는 걸 들으며 치사토는 타이츠를 신은 두 발끝을 들어올렸다. 격식을 갖추는 자리에서만 꺼내 신는 검은색 에나멜 구두가 반짝하고 빛났다. 구두 위에 붙어 있는 금빛 리본이 무척이나 귀엽다. 다리를 흔들흔들 하며 반복해서 올렸다 내렸다 하니

"눈에 거슬리니까 그만 두렴" 하고 어머니에게 꾸지람을 들었다. 아버지의 언짢은 목소리를 듣는 것에도 질린 치사토는 도시락 냄새가 남아 있는 시트에서 일어났다.

"화장실 다녀올게."

다른 승객들의 머리나 무릎이 비죽이 나와 있는 좁은 통로를 조심스레 건너가 화장실 옆의 통로 쪽을 향했다. 둥근 차창 밖으로 잠이 쏟아질 만큼 평안한 시골 풍경이 흘러간다. 숲과 산, 논밭밖에 없다. 때때로 드문드문 보이는 오래된 집에 사는 사람들은 대체 어떤 생활을 하는 걸까. 학교나 백화점 같은 건 전혀 보이지 않는데 자기 같은 어린아이들은 곤란하지 않을까.

그러나 이만큼 길이 넓고 자동차가 적다면 차에 치여 죽는 일은 거의 없을 것 같다. 쨍그랑, 하고 작은 소리가 귀 안을 울렸다. 미도리의 뼈가 산산조각 나는 소리. 그 애는 작고 말랐으니까 분명 그녀를 친 운전자에게도 들리지 않을 만큼 희미한 소리였음에 틀림없다.

엄청난 속도로 흐르는 풍경을 바라보던 중 갑자기 두려워졌다. 가끔 뉴스에서 흘러나오는 기차 사고의 영상이 머릿속을 스쳐지나갔다. 길고 가느다란 차체가 마치 종잇장이 구겨진 듯한 기분 나쁜 형태로 바닥을 구르고 있었다.

쇳덩어리가 저렇게 될 정도라면 부드럽고 약한 어린아이의 몸 따위 곧바로 찌부러져 버리고 말 것이다. 사고가 일어나면 어떻게 하지, 어디로 도망쳐야 하는 걸까. 왜 이런 위험

한 걸 타 버렸을까! 싫다고 했어도 어차피 끌려왔겠지만. 내가 죽으면 아버지와 어머니 탓이다. 그러나 만약 혼자서 집을 지키는 동안 부모님이 사고로 돌아가시면 그 또한 곤란하다. 무서운 생각이 꼬리에 꼬리를 물고 머릿속으로 밀려들어오며 몸이 차가워졌다. 코 안쪽이 찡 하고 아파 오며 바깥 풍경이 물에 젖은 듯 부풀어 오른다. 훌쩍훌쩍 계속 울고 있는 사이에 등 뒤의 문이 열리며 누군가 통로 안으로 들어왔다.

"어머나, 괜찮니?"

모르는 여자의 목소리였다. 돌아보자 핑크색 스카프를 목 바로 옆에 꽃 모양으로 맨 제복 차림의 여자가 치사토의 눈높이에 맞추어 몸을 굽히고 있었다. 여자의 옆에 서 있는 도시락과 과자가 잔뜩 쌓인 커다란 손수레를 보고 이 기차의 관계자라는 것을 바로 알아차렸다.

"무슨 일이야, 자리를 잊어버렸니?"

부모님이 있는 자리는 확실히 알고 있으므로 치사토는 고개를 가로저었다. 여자는 "어디 아파? 무서운 사람이라도 만난 거니? 그 원피스 귀엽구나, 머리에 맨 리본도 무척 잘 어울려" 하며 계속 말을 걸었다. 여러 가지 말을 듣고 있는 동안 머릿속에 쌓여 있던 슬픈 생각이 조금씩 사라지며 숨쉬기가 편해졌다. 치사토는 파들파들 경련이 일어나는 목에 힘을 넣으며 입을 열었다.

"사, 사고, 날, 까요?"

여자는 눈을 동그랗게 뜨고는 립스틱을 발라 반질거리는

입술을 오므리며 잠시 생각에 잠겼다.

"음, 사고 말이니? 사고는 있잖아, 그렇게 자주 일어나지 않아."

"정말요?"

"응, 정말로. 언니는 말이지, 벌써 3년 정도 신칸센을 타고 일하고 있지만, 지금처럼 선로를 달리고 있을 때 사고가 난 적은 한 번도 없는 걸."

사고가 난 적이 한 번도 없다는 말에 딱딱하게 오그라들어 있던 심장이 화악 하고 원래 상태를 되찾았다. 자연스레 뺨에서 긴장이 풀린다.

"그럼, 절대로 안전한 거죠?"

곧바로 안전하다고 말해 줄 거라고 생각했는데, 여자는 입술을 내민 채로 다시 잠깐 뜸을 들인 뒤 고개를 갸웃거렸다.

"으음, 절대로는 아닐걸."

"네?"

"꼬마 아가씨, 어디까지 가지?"

"그게, ……하나마키?"

"토호쿠*에 가는 건 처음이야?"

"네."

"그래, 그렇구나. 음 있지……. 이런 말 하면 놀랄지도 모르겠지만, 절대로 반드시 안전한 건 이 세상에 거의 없어. 사

---

* 일본 본섬의 동북부 지방을 일컫는 말로 아오모리 현, 이와테 현, 미야기 현, 아키타 현, 야마가타 현, 후쿠시마 현을 아울러 이르는 말이다. 하나마키, 센다이를 비롯한 작중에 등장하는 지방은 대부분 토호쿠에 속한다.

고도 말이지, 그때까지 계속 안전했어도 어느 날 갑자기 생각조차 하지 못한 이유로 벌어질지도 모르고."

이 사람은 왜 일부러 아이를 공포에 빠뜨릴 만한 무서운 말을 하는 걸까. 치사토는 뺨을 한 대 찰싹 얻어맞은 기분으로 예쁘게 화장을 한 여자의 얼굴을 바라보았다. 눈이 마주치자 그녀는 장난꾸러기 아이처럼 생긋 하고 입술 끝을 올렸다.

"하나마키에는 무슨 일로 가는 건데?"

"……이모 결혼식이요."

"와, 멋져라. 그럼 즐거운 여행 되렴."

즐거울 수 있을까. 아버지는 투덜대기만 하고, 어머니도 집에 거의 간 적 없으니 껄끄럽다는 얘기만 웅얼댄다. 잘 모르겠어요, 하고 중얼거리자, 여자는 입 끝에서 고양이의 송곳니처럼 뾰족한 이를 보이며 웃었다.

"분명 즐겁고, 생각도 하지 못했던 예쁜 것들을 잔뜩 보게 될 거야. 좋겠다, 나도 하나마키에 가고 싶은걸. 거긴 온천이랑 산이 참 좋거든."

말을 이어 가면서 여자는 제복 주머니 속에 바스락바스락 손을 집어넣었다가 핑크색을 띤 벚꽃 모양의 사탕을 꺼내 치사토에게 건넸다. 언니 간식인데, 비밀이야, 하고 작은 목소리로 말한 뒤 그녀가 자리에서 일어났다.

"여행 즐겁게 다녀오렴."

그녀는 무거워 보이는 손수레를 밀고 옆 차량으로 들어갔다. 치사토는 셀로판 포장지를 벗겨낸 뒤 그녀에게 받은 사탕을 입에 넣었다. 딸기 향이 부드럽게 몸속으로 퍼졌다. 젖은 눈꼬리를 손등으로 훔치며 부모님이 기다리는 자리로 돌아가자, 어머니는 방금 전 그녀에게서 산 것으로 보이는 페트병에 든 차를 마시고 있었다.

"늦었네. 화장실에 사람이 많았니?"

"으응."

치사토는 애매하게 고개를 끄덕이며 자리에 앉았다. 아버지는 재미없다는 듯 신문을 읽고 있다. 뺨을 부풀리지 않도록 살그머니 혀를 움직여 사탕을 핥았다. 경쾌한 멜로디에 이어서 "잠시 뒤 센다이"라는 안내방송이 울려 퍼졌다. 치사토는 울퉁불퉁한 시트에 이마를 누르며 눈을 감았다.

미도리가 실내화를 파닥이며 달려오는 작은 발소리가 들린 듯한 기분이었다.

그 애가 청소를 하러 오지 않게 된 것은 개학식이 열흘 정도 지난 어느 날의 일이었다.

치사토가 다니는 초등학교에서는 일주일에 세 번, 1학년부터 6학년까지 각 학년 당 한두 명이 모여 열 명 정도가 한 조를 짜서 계단이나 복도 교정 등의 공용 공간을 청소하는 시간이 있다. 미도리와 치사토는 어쩌다 보니 작년에 이어 올해도 같은 조였다. 미도리는 치사토보다 두 살 어린 2학년이다.

오랜만에 얼굴을 보게 된 미도리는 봄방학 전에 비해 조금

키가 컸지만, 변함없이 자그마하고 말수가 적었다. 말을 걸면 어깨를 움츠리며 수줍은 듯 웃었다. "여기를 닦는 거야"라던가 "빗자루는 이렇게 쓰면 돼" 하는 상급생의 주의 사항을 잘 듣고 자그마한 손을 부지런히 움직였다. 모양을 넣어 세 갈래로 땋아 내리거나 살짝 틀어진 포니테일로 묶는 등, 매일 아침 어머니가 머리를 묶어 줄 때마다 여러 모로 공을 들이는 것 같았다. 정신을 차려 보면 다음엔 뭘 해야 하냐는 듯 치사토의 뒤를 따라오곤 해서, 마치 병아리 같은 아이라고 생각했다.

작년 여름 교정을 청소하던 중 방아깨비를 발견했다. 미도리가 꽤 오랫동안 땅바닥에 엎드려 있어서 무슨 일인가 하고 다가가 보니, 쓰레받기를 든 미도리의 손 위에 녹색 방아깨비가 올라앉아 있었다.

"방아깨비가 무섭니?"

치사토가 물어보자 미도리는 방아깨비를 바라보며 고개를 좌우로 붕붕 흔들었다. 치사토는 방아깨비를 두 손으로 감싸 잡았다. 벌레의 다리가 바르작대며 손바닥을 간질였다. 그대로 건네주려 하자 미도리는 순간 기가 죽은 듯 입술을 부루퉁하니 내밀면서도 두 손을 모아 불안스레 내밀었다. 치사토는 자그마한 손바닥 위에 방아깨비를 올려놓았다.

강낭콩 깍지를 닮은 길쭉한 방아깨비는 한동안 더듬이를 움직이더니, 갑자기 폴짝 하고 미도리를 향해 뛰어올랐다.

"꺄아!"

미도리는 비명과 함께 어색하게 춤을 추듯 팔다리를 파닥이며 치사토의 허리께에 매달렸다. 방아깨비는 날개를 펼치고 수풀을 향해 낮게 날아갔다. 치사토는 크게 웃으며 미도리의 등을 가볍게 쓸어내렸다.

"방아깨비가 가 버렸어."

"싫어, 방아깨비 싫어."

"그러게, 깜짝 놀랐지."

그 뒤로 청소가 끝날 때까지 미도리는 계속 토라져 있었다. 분명 방아깨비가 생각한 대로 가만히 있지 않았기 때문에 화가 난 것이다. 뺨을 부풀린 미도리의 뒷모습이 무척 귀여웠다.

미도리가 처음으로 청소를 빼먹은 월요일, 치사토는 조금도 이상하다고 생각하지 않았다. 감기라거나 여러 가지 이유로 청소에서 빠지는 사람이 생기는 건 자주 있는 일이었다. 그러나 그다음 수요일 청소 시간에도 미도리가 보이지 않자 그제야 겨우 이상하다는 생각이 들었다. 조장인 6학년 선배가 부탁해서 치사토는 청소 시작 전에 2학년 교실을 찾았다. 미도리가 오늘도 오지 않았는데요, 라고 2학년 3반 담임 선생님을 붙들고 물어 보았다. 그러자 젊은 여선생님은 눈썹을 찡그리며 "미도리가 학교에 올 수 없게 되었단다. 곧 교장 선생님께서 이야기하실 테니까, 오늘은 미도리 없이 청소하는 걸로 해 주렴" 하고 딱딱한 목소리로 말했다.

그리고 얼마 지나지 않아 아침 조회라는 이유로 체육관에 모이라는 말을 듣고, 반 아이들 모두가 이상하다는 생각을 하면서 이동했다. 창밖으로 반쯤 져 가는 벚나무에서 떨어진 무수한 하얀 꽃잎이 잔물결처럼 땅바닥을 구르고 있었다.

전교생이 모이기를 기다렸다 단상에 오른 교장 선생님은 한 번도 들어 본 적 없는 착 가라앉은 목소리로 "무척이나 슬픈 일이 있었습니다" 하고 말을 꺼냈다. 미도리가 지난 주말 친구와 공원에서 놀다가 돌아오는 길에 차에 치여 죽었다고 한다. 친구의 명복을 빌면서 모두 1분간 묵념하도록 합시다. 담임선생님의 재촉에 어깨 너머로 흘금흘금 눈치를 보며 눈을 감았다. 암흑 속에서 벚꽃 이파리가 데굴데굴 구른다. 바로 며칠 전 미도리와 함께 빗자루로 쓸어 담았던 벚꽃 이파리.

교실에 돌아가서 친한 친구인 카즈키에게 "그 애랑 같은 청소 조였어"라고 말을 꺼내 보았다. 카즈키는 그랬구나, 하고 끄덕이며 멍한 표정을 지은 채 고개를 기울였다.

"울었어?"

"아니."

치사토는 고개를 가로저었다. 아무리 생각해 보아도 슬프다거나 쓸쓸하다거나 운전하던 사람에게 화가 난다거나 하는 그런 생생한 감정은 떠오르지 않고, 그저 머리의 일부분이 뻥 뚫린 것 같은 허전한 기분이 들었다. 미도리는 더 이상 청소를 하러 오지 않는다, 란 사실을 잘 이해할 수 없었다. 그건 대체 얼마나 크고, 또 얼마나 심각한 일일까.

"하지만, 착한 애였어."

치사토는 뭐가 '하지만'이지, 라고 생각하며 입을 열었다. 카즈키는 이해한 것인지 아닌지 모를 무덤덤하고 애매한 얼굴로 "흐응" 하고 대답했다.

그 뒤로 한동안 미도리에 관한 소문이 여기저기서 귀에 들려 왔다. 사고를 목격한 아이가 있던 모양이었다. 검은 자동차였다던가, 미도리는 친구와 헤어져 횡단보도를 건너려 하고 있었다던가. 그런 이야기를 들을 때마다 치사토는 그 광경을 상상했다. 더 많이 생각하면 생각할수록 미도리의 기분에 조금씩 가까워져서, 울거나 슬퍼하거나 하는 그런 절실한 감정을 느낄 수 있을 듯한 기분이 들었다.

―벽돌담과 자동차 사이에 끼어서 짓눌렸다던데.

그 이야기를 들었을 때 머리 한구석에서 쨍그랑, 하고 작은 소리가 울렸다. 미도리의 뼈가 산산조각 나는 소리. 정갈하게 땋아 내린 가느다란 머리칼, 밀크케이크로 빚은 듯한 호리호리한 몸과 이쪽을 올려다보는 병아리 같은 눈빛이 떠올랐다. 방아깨비와 친해지고 싶었던 여자아이.

무서운 장소에서 벗어나고 싶다, 고 생각했기 때문일까. 뼈가 산산조각 나는 소리를 들은 뒤로 가벼운 발소리가 머릿속에서 떠나질 않았다. 잠들어 있는 동안에는 자그마한 손가락 끝이 치사토의 손가락을 쥐었고, 뺨 근처에서는 머리카락이 한들한들 스치는 느낌이 들었다. 미도리가 항상, 옆에 있었다.

어이, 아버지의 매정한 목소리가 치사토를 흔들어 깨웠다. 테이블이 접힌 신칸센 시트가 눈앞에 펼쳐지며 눈꺼풀에 남아 있던 학교의 풍경을 점차로 지워 가는 바람에 치사토는 한순간 자신이 어디에 있는지 분간하지 못했다. 눈을 깜박이며 입가에 흐른 침을 닦은 치사토는 혀 밑에 남아 있던 딸기 맛 사탕을 꿀꺽 삼켰다.

마치 누군가가 곁에 붙어 있던 것처럼 통로 쪽 왼편 반신이 따끈따끈했다. 미도리, 하고 잠깐 생각하며 주변을 둘러본 뒤, 치사토는 어머니가 건넨 어린이용 배낭을 등에 메었다.

"잠시 뒤 신하나마키, 신하나마키"란 안내방송이 흘러나왔다. 천천히 차체가 속도를 줄이자, 논밭만 이어지던 풍경 속에 건물이 조금씩 늘어 갔다. 다른 승객과 함께 통로에 줄을 서서 치사토와 부모님은 세 시간의 신칸센 여행을 마치고 길다란 플랫폼에 내려섰다.

발을 떼자마자 곧 시원한 바람이 휭 하고 목 근처를 스쳐 지나갔다. 도쿄보다 확실히 기온이 낮고 공기가 맑다.

"추워."

"자, 치사토, 코트 입으렴."

"변함없이 태평하구만, 이 동네는."

"마을 쪽은 좀 바뀌었을지도 몰라요."

부모님의 뒤를 따라 개찰구를 통과해 역 밖으로 나온 치사토는 눈을 동그랗게 떴다. 지금까지 봤던 역 앞의 풍경과는 상당히 달랐다. 우선 빌딩이 전혀 보이지 않았다. 평평하고 넓은 주차장과 사람이 없는 버스 정류장, 손님을 기다리는 택시의 행렬 외에는 작은 기념품 가게가 정면에 있는 정도였다. 하늘이 넓게 펼쳐지며 이렇게나 많은 것들을 한 눈에 볼 수 있다는 것 또한 치사토에겐 신선한 경험이었다.

치사토는 불어오는 부드러운 바람에 마음을 빼앗긴 채 주위를 둘러보았다. 어딘가에서 맡아 본 적 있는 향기가 느껴졌다. 화과자 향기처럼 희미하게 달콤하고 상쾌한, 계속 맡고 싶은 향기다. 무슨 향기였더라, 하고 향기가 나는 곳을 생각하기도 전에 택시 문을 연 아버지가 부르는 소리에 치사토는 황급히 두 사람의 뒤를 따라 검은 비닐 재질의 매끈한 좌석에 올라탔다.

"너, 그렇게 두리번대고는 있지만 사실 어릴 때 몇 번인가 와 본 적 있는걸?"

"그럴 리가, 전혀 기억나지 않는데."

아직 아기였으니까, 라고 조수석에 앉아 있던 아버지가 중얼거리며, 하얀 장갑을 낀 운전수에게 목적지를 말했다. 차가 천천히 움직이기 시작한다.

치사토의 외갓집은 신하나마키 역에서 택시로 10분 정도 걸리는 주택가에 있었다. 하얀 벽 위에 팥죽색 지붕이 덮인 특별할 것 없는 2층짜리 단독주택으로, 둥글게 다듬은 정원수가 건물 주변을 빙 둘러싸고 있다.

현관에 들어서자 검은 바탕에 금빛 자수가 잔뜩 놓인 예쁜 기모노를 입은 할머니가 "치사토, 먼 곳까지 와 주어서 고맙구나" 하고 얼굴 한가득 주름이 파이도록 웃으며 맞이해 주었다. 안에서 말쑥한 양복 차림의 할아버지도 얼굴을 내밀었다. 치사토에게는 1년에 세 번 정도 놀러 오는 '라쿠고[*] 할아버지, 할머니'다. 외할아버지와 외할머니는 두 분 모두 라쿠고 관람이 취미여서, 좋아하는 만담가의 공연에 맞춰 상경해서는 시내에 있는 치사토네 집에서 하룻밤 묵고 가는 일이 많았다.

　"이런 이런, 아버님 어머님 그 동안 별고 없으셨습니까?"

　"어머나, 미치오 자네도. 변함없이 사무소 일이 바쁜가보지? 이런 평일날 오라고 해서 미안하네."

　"아뇨, 그럴 리가요. 마침 오랫동안 끌고 있던 안건이 막 끝난 참이라서요. 마코의 결혼식에 올 수 있어서 다행이었죠."

　치사토의 아버지는 개인 건축사무소를 경영하고 있다. 집 안에서는 항상 부루퉁하고 쌀쌀맞은데도 불구하고 치사토와 어머니 외의 사람 앞에서는 무척이나 붙임성 있는 목소리로 말하곤 했다. 치사토는 그런 아버지를 볼 때마다 불안한 기분이 들었다. 어머니는 도쿄에서 사 온 선물을 할머니에게 건네며 "마코는 벌써 식장에 갔어요?" 하고 물었다.

　"점심 전까지만 해도 벌써 도착했다느니 꽃이 예쁘다느니

_____
[*] 일본 전통 만담의 일종

하며 잔뜩 흥분해서는 문자를 보냈었단다. 우리들은 네 시에 도착하면 될 테니까 잠깐 쉬고 있으렴."

"잘됐다, 오랜만에 이 하이힐을 신었더니 발뒤꿈치가 다 까져 버렸어. 엄마, 반창고 있으면 좀 써도 돼요?"

어머니의 목소리는 평소 집에서 듣던 것과 조금 다른 느낌이었다. 목소리에서 어딘가 생생하고 선명한 감정이 묻어나왔다. 어머니도 어릴 적 살고 있던 집에 돌아오면 기분이 바뀌는 걸까. 그런 생각을 하며 치사토는 부모님의 뒤를 따라 집 안으로 들어갔다. 먼저 거실로 들어간 할머니의 목소리가 들렸다.

"치사토도 긴 시간 여행하느라 피곤할 테니 푹 쉬려무나. 무우하고 놀고 있으렴. 어라, 무우가 어딜 간 걸까?"

결혼식이 있으니 친척 어린아이라도 와 있는 걸까. 거실 쪽을 향하려고 하는데 털실 뭉치가 구르는 듯한 부드러운 웃음소리가 치사토의 귀를 간질렸다.

2층으로 이어지는 어둠침침한 계단 위에서 치사토 또래로 보이는 여자아이가 이 쪽을 훔쳐보고 있었다.

저 애가 무우일까. 가볍게 손을 흔들자 무우는 생긋 웃으며 손짓했다. 2층에서 놀자는 뜻이겠지. 치사토는 고개를 끄덕이고 계단 위에 발을 올렸다. 낡은 계단은 높이가 높고, 체중을 실을 때마다 삐걱대는 마찰음이 났다.

2층에는 방이 두 개 있었다. 방은 모두 문이 열려 있고, 각각의 방에는 침대가 하나씩 놓여 있다. 둘 다 깨끗이 정리되어 있었지만, 한쪽은 어딘지 텅 빈 듯 어둠침침한 느낌에 건강기구나 선풍기처럼 안 쓰는 도구들이 들어차 있다. 반면 다른 한쪽은 바로 얼마 전에 정리를 한 것처럼 옷장이나 이불에서 아직 사람의 향기가 났다.

"사토코와 마코의 방이야. 마코는 3일 전에 짐을 꾸려 신혼집으로 보냈지. 아직도 키쿠에는 1주일에 한 번은 사토코의 방을 청소하고 있어. 이제부터는 두 방 모두 키쿠에가 정리하겠구나."

자신의 어머니를 마치 어린아이 부르듯 하는 모습에 놀란 치사토는 자신과 키가 비슷한 소녀를 물끄러미 바라보았다.

가까이에서 본 무우는 무척이나 아름다운 여자아이였다. 뒤쪽의 풍경이 비쳐 보이는 건 아닐까 하는 생각이 들 만큼 흰 피부에, 뾰족한 입술은 앵두처럼 빨갛다. 새카맣고 커다란 눈동자는 보고 있으면 빨려 들어갈 것만 같았다. 좋다거나 친해지고 싶다는 느낌보다도, 긴장되고 불안한 가운데에서도 눈을 뗄 수 없는 그런 두려움이 느껴지는 아름다움이었다.

"너, 사토코의 딸이지. 그럼 사토코의 방으로 들어갈까. 토쿠지로의 마술 세트를 가지고 놀자."

무우는 자랑스러운 듯 말하며 치사토의 손을 잡았다. 무우의 손은 어머니가 애지중지하는 하얗고 매끈한 접시처럼 차가웠고, 머리카락에서는 이곳에 와서부터 계속 느끼고 있는 달콤한 향이 강하게 풍겼다.

할아버지가 자치회에서 주최하는 연회를 위해 연습하고 있다는 마술 세트를 꺼내들고, 꽃을 꺼내거나 공을 만들며 둘이서 놀았다. 때때로 1층에서 웃는 소리가 들린다. 특히 기분이 좋은 듯한 어머니의 목소리는 잘 울려 퍼졌다. 마치 엄마가 아닌 다른 여자의 목소리 같다.

주머니가 달린 손수건에서 빨간 꽃을 꺼내며 치사토는 '여기가 어디지' 하고 생각했다. 멀리 있는 어머니의 고향에 이모의 결혼식을 축하하기 위해 왔다는 사실은 알고 있지만, 무언가 자신과는 전혀 관계없는 장소에 있는 기분이다. 치사토는 멍하니 플라스틱으로 만든 조화를 바라보았다. 더, 좀 더, 생각해야만 하는 일이 분명 있었다.

탁탁탁, 가벼운 발걸음 소리가 귀 안쪽을 간지럽힌다. 그렇게 자그마하고, 방아깨비도 잡지 못할 만큼 겁쟁이였는데, 왜 그 아이였던 걸까. 정신이 들자, 무우가 이쪽을 바라보고 있었다.

"왜 그런 아이를 데리고 있는 거야."

"응?"

크게 떠진 무우의 눈은 밤바다처럼 새카만 색을 띤 중에도 무섭도록 빛나고 있어서 무슨 생각을 하는 건지 전혀 알 수 없었다. 마치 야생 조류나 맹수의 눈을 바라보고 있는 오싹한 느낌이다. 치사토는 갑자기 이 아이는 보통 아이가 아닐지도 모른다고 생각했다. 그러나 우리 집과 관계가 있는 것만은 틀림없다. 그러니까 그렇게 무서워하지 않아도 된다.

"미도리라고 해. 바로 얼마 전에, 죽어 버려서…… 뭔가, 잘 모르겠어."

"뭘 모르겠지?"

뭘까, 하고 치사토는 생각에 잠겼다. 왜 이런 일이 일어나는 걸까, 왜 미도리가 죽어야 했을까. 거품 같은 생각들이 하나 둘 꼬리를 물고 떠올라, 곧 팡 하고 터져 버린다. 이윽고 입에서 튀어나온 것은 미도리와는 아무런 관계도 없는 말이었다.

"나도 언젠가 그런, 무서운 일을 당하게 될까?"

무우는 한심하다는 표정으로 얼굴을 찡그렸다.

"먼 곳에 시집을 보내는 게 아니었구나. 자손이 이런 바보가 되어 버리다니."

"자손?"

"이걸 보렴."

무우가 다시 손수건 뒤에서 꽃을 꺼냈다. 지금까지는 빨간 조화였는데 어째서인지 무우의 손에는 벚나무 가지가 들려 있었다.

차갑고 달콤하면서도 그리운 향기가 방 안을 채운다.

어라, 하고 생각한 다음 순간, 눈앞이 새하얀 꽃에 파묻혀 갔다.

어머니를 따라 꽃의 꿀을 빨러 왔다.

그래, 치사토는 안개 너머를 바라보듯 기억을 떠올렸다.

무거운 몸을 바람에 싣고 어설프게 날갯짓을 해서 겨우 꽃무리에 도착했다. 어머니는 부리를 써서 능숙하게 꽃 뒤편에 구멍을 뚫고 잔뜩 고여 있는 꿀을 빨아먹고 있었다. 다른 형제자매들도 함께 어머니 흉내를 내어 꽃이 가득한 숲 속을 날아다니며 진득한 꿀을 빨고 있다. 이렇게나 맛있는 게 이렇게나 잔뜩 있다니. 넋을 잃고 가슴털을 부풀리며, 꽃 사이로 흘끗 보이는 옅은 파란색 하늘을 올려다보았다. 날이 점점 따뜻해지고, 매일 맛있는 것이 늘어 간다. 이 얼마나 멋진 일인가.

다음 한 송이를 고르기 위해 고개를 돌리던 중, 아주 조금 떨어진 곳에서 더욱 색이 진하고 더더욱 맛있는 꿀이 있을 것 같은 꽃나무를 발견했다. 꽃 한 송이 한 송이가 넋을 잃을 만큼 커다란 나무는 희미한 은색으로 빛나고 있었다.

저 아름다운 곳에 가고 싶다.

자그마한 별 같은 소망이 생겨났다. 저 아름다운 곳에 가고 싶다. 무슨 일이 있어도 가고 싶다. 이끌리듯 가지를 박차고 아직 힘이 없는 날개를 펼치며, 그대로 꽃무리에서 몸을 날렸다.

그만 둬, 어머니가 날카롭게 울부짖었다. 그 소리에 놀라기도 전에 눈앞에 펼쳐진 풍경의 한쪽 구석에서 시커먼 그림자가 나타나더니, 쿵 하고 강렬한 아픔이 온 몸을 관통했다. 날개가 움직이지 않아. 무거워. 더 이상 참지 못하고 땅 위에 조약돌마냥 떨어졌다. 아파. 왜지? 아파 아파 아파. 강한 힘이 몸을 도려낸다. 너무나도 아파서, 머릿속이 새빨개지고, 또 새빨개져서, 아무런 생각도 할 수 없었다.

땅 위는 떨어진 꽃잎으로 가득했다. 어머니가 꽃무리에서 날아올라 머리 바로 위를 빙빙 맴돌고 있다. 엄마, 하고 부르고 싶은데, 두 번 세 번 머리를 땅에 부딪쳐 말문이 막혔다. 날개가 부러져 버둥댈 수조차 없는 상태가 되자, 이번에는 가슴 근처가 엄청난 힘에 눌려 짓뭉개졌다. 어두워진다. 몸이, 자신의 것이 아닌 듯 경련한다.

이윽고 몸속에서 쨍그랑, 하고 단단한 것이 부서지는 소리가 났다. 순식간에 몸에서 힘이 빠지고, 꽃이나 아픔, 육신의 무거움이 스르르 사라져 간다.

희미하게 빛나는 아름다운 곳이 멀어져 간다. 저 곳에 가고 싶었다. 어머니가 높은 소리로 울고 있다. 강한 힘이 몸을 부순다. 미안해요, 다음엔 더 강한 생물로 태어날게요. 저 곳에 닿을 수 있도록, 더 먼 곳까지 갈 수 있도록. 미안해, 미안해요.

통, 통, 계단을 오르는 규칙적인 발소리가 들린다. 치사토는 다다미 냄새에 눈을 떴다. 갑자기 지금껏 푹 빠져 있던 생생한 꿈 속 풍경이 썰물이 빠져나가듯 멀어지며 무슨 생각을 하고 있었는지 잊고 말았다. 무언가 굉장히 엄청난 사실을 깨달았던 것 같은데, 생각이 나지 않는다. 시야를 메우는 하얀 꽃의 환영만이 선명했다. 치사토, 하고 부르며 문을 연 어머니는 다다미 위에 주저앉아 있는 치사토를 보고 눈을 동그랗게 떴다.

"어머나, 너 이런 데 있었니? 마술 세트라니 잘도 찾아냈구나. 슬슬 출발할 테니까 얼른 내려오렴."

"네에."

치사토는 입가에 흐른 침을 닦고 어둠침침한 방을 둘러보았다. 주변에는 사용하던 마술 도구가 흩어져 있을 뿐, 치사토 외엔 그 누구도 없었다.

이모의 결혼식이 있는 호텔은 하나마키 역 근처에 있었다. 모두가 은단 향이 나는 할아버지의 차를 타고 이동했다.

로비에는 화려하게 꾸민 어른들이 잔뜩 모여 있었다. 치사토는 여자들이 입은 화려한 파티용 드레스에 정신을 빼앗겨 버렸다. 자신이 입고 있는 소매가 둥근 원피스는 너무 유치해 보였다. 더욱더 반짝이고 전체적으로 라인이 슬림하며 화려한, 공주님 같은 드레스가 입고 싶다. 얼마 전 '어차피 얼마 못 가 발이 아프다며 투덜댈 거면서'라는 말에 사지 못한 어린이용 하이힐도 역시 갖고 싶다. 갖고 싶어 갖고 싶어 하고 계속 떼를 쓰다가 어머니에게 시끄럽다며 혼이 났다.

성당에서의 장엄한 예식도, 눈부실 만큼 호화로운 웨딩드레스도, 꽃이 한가득 장식된 피로연장도, 그 모든 것이 치사토에게는 꿈만 같았다. 지금까지 두 번밖에 만난 적 없는 미용사 이모는 어머니보다 키가 작고, 느긋해 보이는 둥근 얼굴이다. 이모부는 차를 파는 일을 하고 있다고 했다. "치사토, 와 줘서 고마워" 하고 이모는 하얀 장갑을 낀 손으로 치사토의 뺨을 쓰다듬어 주었다.

이렇게 먼 곳에서 매일 손님들의 머리카락을 다듬어 주는 둥근 얼굴을 한 연상의 여성과 '혈연관계'라는 실감하기 어려운 것으로 연결되어 있다는 것은 정말로 이상한 일이구나. 치사토는 자신과 전혀 닮은 구석이 없어 보이는 이모의 얼굴을 바라보았다.

아버지는 식이 시작한 뒤로 계속 밝게 웃으며 주변 사람들에게 인사를 했고, 어머니는 차례차례 나오는 요리의 맛이나 재료에 대해 할머니와 즐거운 듯 이야기를 나누고 있었다. 분위기를 띄우는 음악과 한 번도 먹어 본 적 없는 호화로운 요리. 이모의 직장 동료라는 여자들이 모여 Superfly*의 〈사랑을 담아 꽃다발을〉이란 노래를 열창했다. 이모가 부모님께 쓴 편지를 읽는 장면에서는 할아버지 할머니뿐 아니라 어머니를 비롯한 주위의 다른 여자들마저 모두 울고 있었다.

꽃 속에 파묻혀 있는 것 같아.

치사토는 디저트인 웨딩케이크를 한입 가득 우물거리며 열에 들뜬 것처럼 생각했다. 안심할 수 있고, 기쁜 일만 가득하며, 예쁘고, 멀리서 빛난다. 꽃 속은 분명 이런 느낌일 것이다. 이모는 여기에 오고 싶었던 걸까.

식이 끝나고 치사토는 가족의 한 사람으로서 신랑 신부와 함께 호텔 출구에서 하객들을 배웅했다. 대기실로 돌아가 이

---

* 일본의 여성 솔로 가수. 대표곡은 〈사랑을 담아 꽃다발을〉이며, 여자가 사랑하는 남자에게 직접 프러포즈하는 내용이다.

대로 이 호텔에 묵는다는 두 사람에게서 하객들에게 나누어 주고 남은 초콜릿을 잔뜩 받았다.

"치사토, 또 보자. 다음번엔 새 집에도 놀러 와."

조금 피곤한 얼굴로 웃는 신랑 신부에게 작별 인사를 하고 나서 다시 할아버지의 차를 타고 외갓집으로 돌아왔다. 치사토는 뒷좌석에서 방금 전 받은 초콜릿을 입에 넣었다. 눈을 감을 때마다 눈꺼풀 안쪽에서 아름다운 세계의 환영이 반짝반짝 빛났다.

집에 돌아와 편한 옷으로 갈아입고 나서 모두 함께 결혼식을 되새겨보며 앉은뱅이 식탁에 둘러앉아 차를 마셨다. 고친 지 얼마 되지 않아 번쩍번쩍한 유닛 배스*의 욕조에 몸을 담그고 나서, 겨우 배가 꺼지기 시작한 밤 아홉 시 너머가 되어서야 모두 함께 할머니가 만들어 준 유부 우동을 먹었다. 치사토의 어머니가 집에서 만들어 주는 것과 거의 비슷하게 진한 간장 맛이 났다.

"내일 일찍 돌아갈 거니?"

할아버지가 양념 병을 집어 들며 묻자, 어머니는 응 하고 느긋한 목소리로 아버지를 돌아보며 말했다.

"일단 쉬는 날이긴 하죠?"

아버지는 튀김을 한입 베어 물며 웅얼웅얼 대답했다.

"그렇긴 한데, 저녁 무렵에는 사무소에 들러야 하지 않을

---

* 본래 단어의 뜻은 '조립형 욕실'이나 일본에서는 '화장실 겸 욕실'의 의미로 주로 사용되고 있다.

까 싶어."

"그럼 오전에는 관광하러 다닐 수 있겠네요. 기왕 이와테까지 왔으니까 치사토를 어딘가 데리고 가요. 동화마을이나 기념관 같은 데."

낯가림이 심하고 밖에 나가기를 싫어하는 아버지와 오랜만에 고향에 돌아와 기분이 좋아진 어머니 사이에서 무언의 불꽃이 튀고 있었다. 그러나 이 집에서는 어머니 쪽이 강했다. 내일 아침에는 하나마키 관광을 하기로 하고, 어머니는 "피곤할 테니 일찍 자렴"이라며 치사토를 거실 안쪽에 있는 다다미방으로 들여보냈다.

다다미 여덟 장 넓이 정도의 방에는 이미 푹신푹신한 손님용 이불이 세 채 나란히 깔려 있었다. 도쿄의 집에서 가져온 파자마로 갈아입고 이를 닦고 나서 치사토는 제일 끝에 깔린 이불 속으로 파고들었다.

하루 동안 길고 긴 거리를 움직이고 너무 많은 것을 본 때문인지 눈을 감자마자 바로 깊은 늪 속에 빠져드는 것처럼 의식이 멀어져 갔다.

정신이 들자 차갑고도 달콤한 향기가 떠도는 어둑어둑한 길을 걷고 있었다.

탁탁, 하고 가벼운 어린아이의 발소리가 들린다. 등 뒤에서, 길 앞에서, 조용하지만 확실하게 메아리가 울렸다. 더 이상 만날 수 없다는 걸 깨달았던 날 미도리에게 무언가 말하고 싶었던 기분이 들었다. 그러나 그게 무엇인지 통 알 수가 없다. 한동안 걷다 보니 무우가 고개를 빼꼼 내밀었다. 그녀는 빨간 입술 양 끝을 살짝 올리고 기쁜 듯 웃고 있었다.

"마코의 결혼식은 좋았었지?"

"보고 있었어?"

"당연하지. 놓칠 리가 있나."

"예쁘고, 모두 웃고 있어서, 꽃 속에 있는 것 같았어."

어둠 안쪽에서 다시 한 번 자그마한 발소리가 울린다. 무우는 살짝 기분 나쁜 표정을 지었다.

"그렇게 좋은 걸 보고 와서는 아직도 그런 생각에 잠겨 있는 거야?"

"하지만."

말을 꺼내고 나서 다시 한 번 고민에 잠겼다. 생각하고 생각한 뒤 치사토는 겨우 말을 이었다.

"하지만, 치사해. 전혀 다르잖아. 미도리에겐 그런 식으로 결혼식을 올릴 시간 따위 없는 걸."

말을 하면서 치사토는 사실 자신이 미도리의 아픔을 위로하고 있는 게 아니라, 미도리처럼 되어 버리면 어쩌나 두려워하고 있다는 사실을 깨달았다. 그렇기에 미도리가 죽었을 때에는 전혀 울 수 없었지만, 자신이 그처럼 무서운 일을 당한다는 상상을 하자 얼마든지 울 수 있었다. 그러나 그런 식으로 생각하는 자체가 미도리에게 나쁜 짓을 하는 것 같다. 치사해. 고학년은 저학년에게 상냥하게 대해 주어야 하는데, 나쁜 선배로구나. 왜 세상은 미도리에게만 이렇게 못되게 구는 걸까. 생각하면 생각할수록 어린아이의 발소리가 높아져 간다.

무우는 조용히 눈을 가늘게 뜨고, 하얀 손가락으로 어두운 길 끝을 가리켰다.

"알고 싶다면 다시 한 번 보고 와. 말로 알려 줄 수 있는 게 아냐. 네가 직접 보고 스스로 결정해야 해."

치사토는 무우와 그녀의 손끝이 가리킨 암흑을 번갈아 바라보다가, 이윽고 어린아이의 발소리를 등 뒤에 달고서 배에 힘을 주고 앞으로 걸어 나갔다. 암흑이 한층 깊어지며 자신의 모습마저 분간할 수 없어진다. 달콤한 향이 점점 진해져 마치 미지근한 물속에 있는 것 같았다.

어느 사이엔가 치사토는 멋진 뿔을 가진 숫사슴이 되어 있었다. 옆 산에는 눈이 녹는 계절마다 반짝반짝 빛나는 장소가 있다. 이쪽 산의 가장 높은 곳에 오르면 그곳이 보인다. 그 반짝이는 건 과연 뭘까. 언젠가 그곳에 가 보고 싶지만, 옆 산은 무시무시한 곰이 많아서 좀처럼 들어갈 수 없었다. 가을이 끝날 무렵, 그 반짝이는 것의 정체가 폭포라는 사실을 영영 모른 채 포수가 쏜 총알이 목덜미에 명중했다. 피와 함께 생명이 울컥울컥 빠져나오는 것을 느끼며, 하늘을 향해 몇 번이고 울부짖었다. 다음 생엔 더 강한 것으로 태어나야지.

이어서 치사토는 반짝반짝 빛나는 장수풍뎅이가 되었다. 유충 시절에는 흙 속에서 조금씩 덩치를 키우며, 가까운 곳에 묻혀 있는 형제자매들이 두더지나 멧돼지에게 발각되어 으적으적 먹히는 소리를 듣고 있었다. 무사히 번데기를 벗고 성충이 되고 나서는 스스로의 아름다움에 매혹되었다. 뿔은 누구보다도 길고, 몸은 마치 한밤중의 가장 깊은 부분을 결정으로 만든 듯한 빛깔이었다. 누구와 싸워도 지는 일이 없었다. 어느 날, 약한 녀석들을 제치고 나무의 가장 좋은 곳에서 수액을 빨고 있는데 높은 나뭇가지를 박차고 무언가가 다가왔다. 커다란 날개를 펼친 녀석은 자신보다도 훨씬 강하고 아름다우며, 이 세상의 축복을 받아 빛나고 있었다. 흑요석과 같은 까마귀의 깃털에 눈을 빼앗긴 사이 너무 쉽게 붙들린 몸이 땅 위에 거꾸로 떨어졌다. 까마귀의 부리가 부드러운 배딱지를 부수고 들어온다. 다음 생엔 더 강한 것으로 태어나야지.

또 다른 생에서 치사토는 곰으로 태어났다. 제비가 되었다. 다람쥐가 되었다. 인간의 아이로 태어났다. 산 속에서 인간의 아이를 잡아먹는 무시무시한 야마하하[*]가 되기도 했다. 기뻐하며 물어뜯은 인간의 아이는 석류처럼 새콤달콤한 맛이 났다. 치사토는 이런 것 보여 주지 마! 하며 무우를 향해 소리쳤다. 무우는 "너랑 비슷한 고민을 안고 있는 녀석들이 이런 걸 만들어냈어" 하고 냉랭한 목소리로 답했다. 물고기가 되었다. 새가 되었다. 죽음은 그 어디에도 존재했다. 자신이 죽는 것도 동료가 죽는 것도 한순간의 일일 뿐, 이상할 것 하

---

[*] 어린아이를 잡아먹는다고 알려진 나이 든 여인 모습을 한 귀신

나 없는 흔하디흔한 일이었다. 수백 수천 번의 죽음을 넘어서, 치사토는 새카만 기분으로 머리를 감싸 안았다. 어째서 이토록 기분 나쁜 일뿐일까. 어쩐지 무우가 하고 싶었던 말이 무엇인지 알 것 같았다. 그러나.

"모두가 괴로워하고 있으니까 참으라는 말은, 세상 그 누구도 즐겁지 않으며 그저 괴로울 뿐이란 뜻이잖아. 그건 아니라고 생각해."

겨우 가슴에 담아 두고 있던 이상한 느낌을 입에 올렸다. 무우는 눈을 말똥거리더니 갑자기 명랑하게 웃기 시작했다.

"대를 이어 가면 갈수록 욕망은 깊어져 가지. 도대체 누구의 피를 진하게 이어받는 걸까."

무슨 말을 하는 건지 도통 이해할 수가 없어서 치사토는 고개를 갸우뚱거렸다. 무우는 재미있다는 듯 입가에 미소를 지으며 말을 이었다.

"괴로운 것만 찾아냈다면 네 눈이 나쁜 거야. 보는 눈을 좀 더 키우고 오려무나. 마침 내일은 켄지를 보러 갈 테니까. 잘됐군, 제대로 배우고 와."

"켄지?"

"눈이 무척 좋았던 남자란다. 교사였지."

무우는 무척이나 기분 좋은 듯 손을 뻗어 치사토의 머리를 쓰다듬었다.

"이 땅, 그리고 나와 인연이 있다는 사실을 언젠가 네가 행복하다고 느꼈으면 좋겠구나."

그렇게 말하며 소녀는 깜짝 놀랄 만큼 맑고 부드러운 표정을 띠었다. 그녀는 먼 폭포에 있었고, 꽃무리에 있고, 하늘 위 별에 있고, 수백 수천 번의 죽음 사이에서 치사토의 가슴을 태웠던 그곳과 같은 빛을 발하고 있었다.

한밤중에 번뜩 눈을 뜬 치사토는 시트 위에서 몸을 일으켰다. 주위는 푸르스름한 어둠에 감싸여 있었다. 바로 옆에서는 잠이 든 어머니의 숨결이, 그 너머에서는 아버지가 코를 고는 소리가 들려왔다.

'그래, 할머니 댁에 와 있지' 하고 떠올린 순간, 지금까지 눈앞에 펼쳐졌던 꿈의 내용을 잊고 말았다. 무척이나 많은 것을 거쳐 오며 무척이나 많은 걸 깨달았던 기분이 드는데, 따뜻한 체온에 눈송이가 녹는 것처럼 보고 있는 사이에 그 모든 것이 손바닥 위에서 흘러내렸다. 그 대신 강렬한 갈증이 닥쳐왔다. 모르는 집이니까 참아 보려고 했지만 마치 긴 거리를 달려온 것처럼 몸이 수분을 원하고 있었다.

이불을 살짝 걷어내고, 부모님의 발을 밟지 않도록 조심하면서 장지문을 열었다. 거실에는 할아버지가 앉은뱅이 식탁을 구석으로 밀어내고 잠들어 있었다. 아마 평소엔 안쪽 다다미방에서 주무셨을 테지만, 오늘은 세 사람에게 잠자리를 양보하셨을 터이다.

부엌으로 발을 옮기던 치사토는 정원 쪽 거실 유리문에 사람의 그림자가 비치는 것을 알아차렸다. 누군가 정원에 있다. 두근대는 심장을 달래며 들여다보자, 할머니가 서 있었다. 무엇을 하고 있는 걸까.

유리문을 열고 발판 위에 놓인 샌들을 꿰어 신고서 그쪽을 향했다. 휘잉 하고 서늘한 밤바람이 파자마 안을 지나가며 이불 속에서 따뜻하게 데워진 몸을 식혔다.

"할머니."

살며시 부르자, 할머니는 깜짝 놀란 얼굴로 뒤를 돌아보았다.

"어머, 치사토. 자다 깬 거니?"

"목이 말라서."

"겉옷도 입지 않았는데 춥겠구나. 자, 무언가 따뜻한 거라도 만들어 주마."

"할머니는 뭐 하고 있었어?"

"응? 할머니는 백목련을 보고 있었지."

자, 하고 할머니가 가리킨 키가 큰 나무를 올려다보았다. 나뭇가지에는 손바닥만큼 커다란 새하얀 꽃이 잔뜩 피어 있었다. 어느 꽃이건 하늘을 향해 피어 있는 모습이 마치 달빛을 담은 컵처럼 은은히 빛나는 듯 보였다. 꽃 가까이 다가가자 차갑고도 달콤한 향기가 코끝을 간질인다. 이제 곧 지려는 것인지 나무뿌리 근처에 떨어진 꽃잎이 하얀 융단처럼 쌓여 있었다.

"내일은 날이 따뜻해진다니까, 이젠 끝물일 것 같아서 말이다. 백목련은 1년에 3, 4일 정도만 피어 있다가 바로 꽃이 지고 시들어 버리거든. 제일 예쁠 때를 봐 둬야지 하는 생각이 들더구나."

그렇게 설명하는 사이에도 하얀 꽃잎이 한 장 더, 마치 무언가 견디기를 그만 둔 것처럼 소리 없이 땅 위로 떨어졌다.

"예쁘다."

"예쁘지. 할머니는 예전부터 이 꽃을 좋아했단다."

"좋아하는데 금방 시들어 버리면 쓸쓸하잖아."

"그렇지. 하지만 피어 있는 시간이 짧으면 더 소중히 해야지 하는 기분이 들거든. 길어도 짧아도 꽃은 피어 있었으니까."

할머니는 손을 뻗어 가느다란 백목련 가지를 부드럽게 쓰다듬었다. 한 장, 또 한 장, 달빛에 베인 것처럼 꽃잎이 떨어진다. 그때마다 치사토의 귀 안쪽에서 쨍그랑, 하고 작은 소리가 울렸다. 꽃이 한 송이 질 때마다, 밤을 물들이는 향기가 더욱 진해지는 기분이 들었다. 형태를 가진 것이 사라져 가는 소리는 한 번 알아차린 뒤로 세상 여기저기서 들려왔다.

그러나 역시나 쓸쓸하다. 다음 주도, 그다음 주도, 미도리와 함께 청소하고 싶었다. 치사토는 얼굴을 일그러뜨렸다. 서 있는 동안 목덜미 근처가 차갑게 식어 버려서, "에취" 하고 작게 재채기를 했다. 할머니는 어깨를 흔들며 웃었다.

"할머니가 얘기를 너무 길게 했구나. 자, 안에 들어가자. 할머니 방에서 기다리렴, 따뜻한 코코아를 타 올 테니까."

잠들어 있는 할아버지를 깨우지 않도록 조심스레 그 위를 건너, 할머니를 따라 부엌 옆에 딸린 다다미방으로 들어갔다. 다다미 6장 정도의 자그마한 방 안에는 옷장과 화장대, 불단 등이 놓여 있었다. 천정 가까이엔 오래된 흑백사진 여러 장이 나란히 걸려 있다. 대부분 기모노 차림의 근엄해 보이는 할아버지 할머니의 얼굴이었다.

"이 사람들은 누구야?"

"조상님들이란다. 할머니의 아버지 어머니랑, 또 그분들의 아버지와 어머니지. 치사토는 저 분들의 자손이 되는 거야."

"자손."

들어 본 적 있는 단어에 갑자기 머리 한 켠이 반응했다. 예쁜 여자아이가 미소 짓고 있었던 기분이 든다. 할머니의 이불 위에 앉아서 모락모락 김이 나는 밀크코코아를 받아들고 입을 열었다.

"저기, 조상님들 중에 이런 할아버지 할머니 말고 자그마한 여자아이도 있을까?"

할머니는 잠깐 눈을 동그랗게 뜨더니, 곧 카랑카랑 웃기 시작했다.

"치사토, 애야. 모두 날 때부터 이런 주름투성이였던 건 아니란다. 조상님들도 할머니도 치사토의 엄마도, 모두 치사토처럼 어린아이였어. 치사토처럼 밤에 잠에서 깨어나 주위 어른들에게 마실 것을 달라고 하거나, 방금 꾼 꿈 이야기를 하곤 했지. 그러니 사진 속의 여자들은 모두 한때는 자그마한 여자아이였던 거야."

이윽고 치사토는 자신이 얼마나 바보 같은 이야기를 했는지 깨달았다. 그렇구나 하고 대답하며 이쪽을 내려다보는 조상들의 사진을 바라보았다. 오래된 사진을 올려다보는 중 자신이 왜 그렇게 열심히 사진을 보고 있었던 것인지 잊고 말았다. 우유가 듬뿍 들어간 코코아 덕분에 몸이 따뜻해지며 잠이 쏟아졌다. 빈 컵을 할머니에게 건네고 "안녕히 주무세요"라고 잘 돌아가지 않는 혀를 움직여 인사했다.

"잘 자렴, 치사토. 내일도 많이 걸어야 할 테니 푹 자려무나."

"응."

거실을 지나 치사토는 부모님이 잠든 다다미방으로 돌아왔다. 아직 체온이 남아 있는 이불 속으로 기어들어가자, 곧 무거운 잠기운이 쏟아져 내렸다.

만일 그 아이와 만나면 네 사진을 본 것 같다고 말해야지, 꼭 말하자. 그것이 누구인지조차 떠올리지 못한 채 중얼거리며, 치사토의 의식이 깊은 곳으로 떨어져 간다. 도착한 곳에서 고개를 들어 보자, 누군가에게 안겨 있는 듯 따뜻한 어둠 속에서 반짝반짝 빛나는 하얀 꽃이 소리도 없이 떨어져 내리고 있었다.

다음 날 아침, 치사토와 부모님은 아침 식사를 끝내자마자 바로 외갓집을 출발했다. 어머니가 여기에 가고 싶다, 저기에도 들르고 싶다 하며 여러 가지 요구를 한 모양이었다. "넌 예전부터 참을성이 없는 아이였지" 하고 할아버지는 질린 듯한 표정을 지었지만 그래도 기쁜 듯이 첫 번째 목적지인 동화마을까지 차로 데려다 주겠다고 했다.

"다음에는 느긋하게 놀러 오너라. 맛있는 걸 잔뜩 준비해 둘 테니까."

잠옷 위에 카디건을 걸친 할머니가 세 사람을 배웅해 주었다. 현관을 향하던 할머니가 탁 하고 손뼉을 쳤다.

"그래, 결국 끝까지 부엌에 꼭꼭 숨어서는……. 안 되지. 아직 어려서 그런가 정말 낯가림이 심하다니까. 치사토, 잠깐만 기다리려무나."

무우, 무우야, 하고 부르며 할머니는 부엌으로 들어갔다. 이런, 이런 곳에 숨어서는, 도망가지 말고 제대로 인사해야지. 밝은 목소리에 이어 쨍그랑 쨍그랑 하고 냄비며 그릇이 떨어지는 소리가 울린다. 이윽고 할머니가 뚜껑을 덮은 카레 냄비에 담아 데리고 온 것은 코와 입 주변만 하얀색이고 나머지는 온통 새카만 새끼 고양이였다. 2주 정도 전에 근처에서 어슬렁대던 녀석을 발견해서 키우기 시작했다고 한다.

깊숙한 냄비 안을 들여다보며 "무우 바이바이" 하고 말을 걸었다. 그러자 다른 누군가를 같은 이름으로 불렀던 적이 있는 것처럼 간지러운 기분이 들었다. 무우라는 이름을 가진 동급생이 있었던가. 새끼 고양이는 '당신 누구야'라는 듯 화난 목소리로 야옹야옹 울었다. 현관에서 손을 흔들며 할머니와 헤어지고, 치사토와 부모님은 할아버지의 차에 올랐다.

시가지를 벗어나 녹음이 짙은 길로 들어서자 차창으로 흘러들어오는 바람의 향기가 달콤함을 더해 갔다. 처음에는 막연하게 화과자 냄새라고 생각했지만, 잘 생각해 보자 벚꽃 찹쌀떡의 냄새 같았다. 신하나마키 역에 내렸을 때부터 계속 느꼈던 이 냄새는 산의 향기였던 걸까. 치사토는 크게 숨을 들이쉬었다.

한참 동안 산을 올라가서 할아버지는 자동차며 버스가 잔뜩 늘어선 넓은 주차장에 차를 세웠다. 아무래도 목적지에 도착한 모양이었다.

돌아오는 가을에 할머니와 함께 그쪽에 갈 테니까 그때 또 보자꾸나, 하는 인사를 남기고 잠옷 위에 코트만 걸친 할아버지는 집으로 돌아갔다. 차가 멀어지자 외갓집에 있던 내내 잔뜩 긴장돼 있던 아버지의 등에서 슬슬 힘이 빠지는 것이 보였다.

"정말이지, 이것만으로도 충분히 지쳤는데 또 어딜 들르겠다는 거야."

"가끔은 좋잖아요. 당신이 나가길 싫어하는 탓에 여행이라고는 거의 다녀 본 적도 없고."

"밖에 나가는 건 싫다고. 잘 알면서."

"동화마을은 아이들 취향이지만 기념관은 아마 본 적 있을 걸요. 오랜만이니까 여기 오기 전 살짝 책을 읽고 왔지요."

그렇게 말하며 어머니가 가방에서 문고본 책을 몇 권인가 꺼내자, 아버지는 처음부터 올 생각이었군, 하고 표정을 찡그렸다. 어머니는 치사토의 손을 잡고 동화마을의 입구 쪽으로 걸어갔다. 치사토는 어머니의 팔에 매달려 입을 열었다.

"엄마, 켄지? 켄지가 있는 곳에 가는 거야?"

"치사토도 잘 아는구나. 맞아, 미야자와 켄지의 동화마을에 가는 거야."

"미야자와 켄지는 뭐 하는 사람인데?"

"어머나, 초등학교에서 배우지 않았니?"

"아직 좀 빠른 거 아닌가."

"치사토, '은하철도의 밤'이란 거 들어 본 적 없어?"

있는 것 같기도 하고 아닌 것 같기도 하다. 어머니는 치사토를 동화마을 입구에 세워진 하얀 간판 앞으로 데려갔다. 역 플랫폼에 세워진 것과 똑같이 생긴 간판에는 '백조 정류장'이라고 적혀 있었다. 전 역은 '은하 스테이션'이고, 다음 역은 '독수리 정류장'이다.

"죽은 사람이 밤하늘의 별을 돌아다니는 기차를 타고 여행을 하는 이야기로 유명하단다."

"흐응."

어딘가 굉장히 억지스러운 이야기 같은데, 하고 치사토는 기대에 어긋난 기분에 잠겼다. 유치원 때에 읽었던 그림책처럼 전혀 진짜 같지 않은 설정이다. 이미 초등학생도 되었고 너무 어린애 같은 이야기는 그다지 좋아하지 않았다. 마음이 내키지 않는 채 동화마을 안으로 들어가자, 널찍한 녹색 잔디밭 안에 예쁜 미술관 같은 건물이 서 있었다. 어머니의 말을 들어 보자 '켄지의 학교'라고 했다.

그러나 입구에서 요금을 내고 첫 번째 방에 들어간 순간, 지금까지 가라앉아 있던 치사토의 의욕은 단숨에 치솟아 올랐다. 너무나도 예쁜 방이었다. 원통형의 방 안 벽을 따라서 각각 다른 형태를 띤 아름다운 의자가 여러 개 늘어서 있다. 벽도 의자도 책장도 코트도, 실내에 있는 모든 것이 새하얀 색을 띤 모습은 뭐라 말할 수 없을 만큼 환상적이었다. 벽은 해질녘의 진홍색부터 대낮의 물빛, 그리고 한밤중에 보이는 은하의 감청색으로 변해 가는 하늘빛에 물든 나무가 한 그루 그려져 있는데, 다른 물건들의 하얀색에서 마치 그 나무만 툭 튀어나온 듯 놀랄 만큼 선명하게 보였다. 치사토는 곧바로 마음에 드는 의자를 골라 앉았다. 발 부근에 이상한 단어가 적힌 은색 플레이트가 놓여 있다. 아무래도 켄지의 동화 중 일부를 소개한 것 같았다.

어이, 가자고. 빨리도 질려 버린 아버지의 목소리에 치사토는 의자에서 일어났다.

거울로 뒤덮인 실내에 수많은 별이 떠다니는 우주의 방, 하늘 위에서 산을 내려다보는 풍경이 발 아래 디스플레이로 펼쳐진 천공의 방, 벽에 구름이나 물의 영상이 흐르는 물의 방, 커다란 식물과 벌레 인형이 잔뜩 놓인 대지의 방. 치사토는 이 모든 곳을 신이 나서 구경했다. 뚜렷이 아름다운 것, 평소에는 보지 못한 것으로 가득해서 마냥 즐거웠다. 여기저기 전시된 켄지의 글도 재미있었다. 그가 쓴 문장은 그다지 어렵지 않아서 계속 머릿속에 집어넣을 수 있을 것 같다.

'켄지의 학교'에 이어 통나무집이 여러 채 늘어선 '켄지의 교실'로 향했다. 이곳에서는 미야자와 켄지의 작품을 인용해서 새나 별, 동식물 등 하나의 건물마다 하나씩 주제를 바꾸어 이와테*의 자연을 체험할 수 있게 꾸며 놓았다. "수학여행에 딱 좋은 곳이군" 하고 흥미 없는 듯 뱉은 아버지의 말에 어머니는 "자, 그럼 치사토에겐 딱이네요"라며 되받아쳤다. 아이들을 위해 이해하기 쉬운 단어로 새가 나는 방법이나 식물의 종류, 동물의 생태를 설명한 이곳은 확실히 치사토가 친숙해지기 쉬운 공간이었다.

별을 테마로 한 통나무집의 한 전시품 앞에서 치사토는 발을 멈췄다. 북두칠성에 관한 설명문 중 켄지의 소설에서 따온 문장이 있었다.

–아, 마지엘 님, 아무쪼록 미워할 수 없는 적을 죽이지 않을 수 있도록. 이 세계가 빨리 그렇게 변할 수 있도록–

'까마귀의 북두칠성'이란 이야기의 한 줄이라고 한다. 치사토는 이 문장을 한 번 읽고 또 다시 한 번 읽으며 누군가 심장을 강한 힘으로 꾹 쥐어짜는 듯한 고통을 느꼈다.

미워할 수 없는 적을 죽이지 않을 수 있도록. 입술을 움직이며 천천히 고개를 기울였다. 자신의 경험에는 절대 없는데도 마치 죽이고 싶지 않은 것을 죽이고, 살해당하고 싶지 않

* 하나마키 시가 속한 현(縣)

았던 상대에게 살해당한 적 있는 기분이다. 기억이나 추억 같은 그런 확실한 것이 아닌, 그저 몸과 마음, 피 속에 섞인 자그마한 것들이 알고 있다.

동화마을을 나선 뒤 세 사람은 도로 건너편 언덕 위에 있는 미야자와 켄지 기념관 쪽으로 발을 옮겼다. 기념관에서는 켄지의 경력을 구체적으로 소개하며 사진이나 필기구, 자필 원고 등의 유품을 잔뜩 전시하고 있었다. 화려한 것 없는 전시품에 치사토는 금방 질려 박물관 안 벤치에 앉아 다리를 흔들거렸다.

박물관 안을 한 바퀴 돌고 난 어머니가 다가와 치사토의 옆자리에 앉았다. 아버지는 아직 켄지의 자필원고를 뚫어져라 쳐다보고 있었다. 치사토도 흘끗 쳐다보았지만 글씨가 지저분하기도 하고 한자를 읽을 수 없기도 해서 원고에 무엇이 쓰여 있는지 전혀 알 수 없었다.

붕, 하고 다리를 들어올린다.

"아빠 늦어."

"아빠가 저래 보여도 대학생 시절에는 문학청년이었으니까. 분명 부끄러워서 말을 꺼내지는 못하고 있지만 즐거울 거야."

"아깐 불평불만만 늘어놓더니."

어머니는 기분 나쁜 기색 없이 "어쩔 수 없잖니" 하고 목을 울리며 이상하다는 듯 웃었다. 치사토의 부모님은 말싸움이 많은 편 치고 사이가 좋다. 치사토는 그 점을 이해할 수 없었다. 아버지는 귀찮고 제멋대로인 데다 좋은 부분 따위 전혀 없는데.

"치사토 이리 오렴, 못 읽은 부분 읽어 줄게."

엄마의 부름에 치사토는 자리에서 일어났다. 엄마는 휘갈겨 쓴 자필원고를 가리키며 '영결의 아침'이란 시를 몇 장 읽어 주었다. 단어가 어려워서 들은 내용의 절반 정도밖에 이해할 수 없었다. 그러나 깜짝 놀랄 만큼 무서우면서도 그와 동시에 단어가 반짝이는 느낌에 치사토는 이상한 기분이 들었다. 어머니의 설명에 따르면 이 시는 미야자와 켄지가 가장 좋아했던 여동생의 죽음을 기리며 썼다고 한다. 신경 쓰이는 부분을 다시 한 번 천천히 들어 보았다.

'이 눈은 그 어디를 고르더라도
너무나도 어디까지나 새하얗구나
이처럼 무시무시하게 어지러운 하늘에서
이 아름다운 눈이 내려온 것이다'

어째서 여동생의 죽음 속에 아름다움이 있다는 것인가. 거기엔 어둠밖에 없을 터이다. '이처럼 무시무시하게 어지러운 하늘'처럼 무섭고 괴롭고 지독한 것이라고, 치사토의 안에 있는 무언가가 기억하고 있다. 그럼에도 불구하고 하늘에서 내려오는 새하얀 눈은 아름답다. 그런 쓸쓸하면서 아름다운 풍경이 보이는 기분이었다.

"어딘지, 아름다워."

그렇게 중얼거리자 어머니는 "맞아, 아름답지" 하며 다정하게 맞장구를 쳐 주었다.

마음속에서 폴짝 하고 초록색 방아깨비가 뛰어올랐다. 비명을 지른 자그마한 몸이 안겨 온다. 데굴데굴 구르는 벚꽃 잎을 빗자루와 쓰레받기를 나눠 들고 함께 쓸어 담았다. 뒤를 따라 오는 걸 깨닫고 돌아보자, 생긋 하고 부끄러운 듯 입끝을 올려 웃었다. 1년이 걸려 조금씩 친해졌다. 즐거웠다. 행복했다. 비록 오랫동안 함께할 수 없다 해도, 다음에 만나면 다시 한 번 소중히 대해 줘야지. 그 아이가 좋았다.

그런 확실한 마음이 어둠에 짓눌려 사라져 버릴 이유 따위 어디에도 없다. 미야자와 켄지라고 하는 사람은 확실히 눈이 좋다. 무섭고 두려운 상황 속에서도 눈앞의 반짝임을 절대 놓치지 않고 확실히 붙잡아 끌어안고 있었다.

어머니가 다른 전시물을 보러 간 뒤에도 치사토는 같은 원고 앞에 서 있었다. 이처럼 무시무시하게 어지러운 하늘에서, 이 아름다운 눈이 내려온 것이다. 이제 읽을 수 있게 된 한 문장을 몇 번이고 입술 위에서 반복했다.

잠시 벽에 걸린 흑백사진을 올려다보았다. 사진 속에 넓적한 얼굴의 남자가 있었다. 이 낯선 남자는 치사토가 태어나기 수십 년 전 이 땅에서 이 산의 향기를 맡으며, 어둠 속을 바라보며 붙잡은 것을 눈앞의 원고지에 옮겨 적었다. 그가 노래한 반짝이는 것들이 길잡이처럼 눈꺼풀 안쪽에서 빛나고 있다. 치사토는 이제야 겨우 그 자그마한 발소리를 따라잡을 기분이 들었다.

돌아가는 길에 아버지는 기념관 근처의 기념품 가게에서 '봄과 수라'라는 자필 원고 사본을 몽땅 사 왔다. 치사토는 봄과 수라, 라고 잊어버리지 않도록 자그마한 목소리로 중얼거렸다. 어른이 되면 대체 무슨 생각을 하는지 전혀 알 수 없는 아버지의 마음을 흔들어 놓은 그 원고도 읽어 보고 싶다는 생각을 했다.

점심나절이 되자 세 사람은 택시를 불러 어머니의 바람대로 하나마키 역 근처의 마루칸 백화점으로 향했다. 그곳에 어머니가 학창 시절 다니던 식당이 있는 모양이다. '하나마키까지 와서 백화점 안의 식당?'이라며 아버지는 의아해했지만, 무슨 생각인지 불평하지 않고 따라왔다.

아담한 백화점 엘리베이터를 타고 꼭대기 층에 도착하자 한 층을 그대로 전부 쓰는, 한 번도 본 적 없는 커다란 식당이 눈앞에 펼쳐졌다. 대전망대 식당이란 이름대로 벽이 전부 커다란 창문이라 식당 안에서 하나마키 시내를 바라볼 수 있었다. 무엇보다도 가장 놀라운 것은 그 넓은 식당을 채우고 있는 대부분의 손님이 이 지역 사람들이라는 것이었다.

"하나마키 사람들은 전부 여기서 만나기로 약속이라도 하고 사는 건가."

"여기는 무척이나 마음 편해지는 곳이거든요. 나도 하굣길에 매일 들러서 친구들과 소프트 아이스크림을 사 먹었죠."

요리는 모두 다 저렴한 데다 메뉴의 가짓수도 많고, 보는 것만으로 즐거워지는 수많은 음식 샘플이 케이스 안에 줄줄이 전시되어 있었다. 여기 명물은 어머니가 매일 먹었다고 하는 높이 25센티미터의 소프트 아이스크림으로, 가격은 170엔이었다. 중국식 국수와 그라탕, 돈까스 카레 등 각자 좋아하는 것을 주문한 뒤 마지막으로 셋이서 거대한 소프트 아이스크림을 먹었다. 활기차고 밝은, 언제까지나 머물고 싶은 가게였다.

클럽활동을 마치고 집으로 돌아가는 체육복 차림의 여자아이들이 와글대며 소프트 아이스크림을 먹고 있었다. 조상님들도 할머니도 치사토의 엄마도, 모두 치사토처럼 어린아이였어. 할머니의 말을 떠올리며 치사토는 기쁜 듯 소프트 아이스크림 콘을 깨무는 어머니의 옆모습을 지그시 바라보았다.

신칸센 시각을 확인하고 적당히 시간을 보낸 세 사람은 도착했을 때 이용했던 신하나마키 역이 아닌, 백화점 근처의 하나마키 역으로 향했다. 토호쿠 본선을 타고 키타카미 역에서 내린 뒤, 거기서 도쿄로 향하는 신칸센에 올랐다.

"후우, 겨우 끝났군. 잔다."

창가 쪽 자리에 앉은 아버지는 앉자마자 바로 눈가리개를 꺼내더니 시트를 뒤로 젖혔다. 평소 익숙하지 못한 붙임성 있는 태도를 유지하느라 지친 듯 했다. 통로 쪽 자리에 앉은 어머니는 가방에서 문고본 책을 꺼내들었다.

"치사토도 피곤하면 자렴."

가운데 자리에 앉은 치사토는 응, 하고 고개를 끄덕이며 눈을 비볐다. 말할 필요도 없을 만큼 잔뜩 걷고, 많은 생각을 하고, 마지막에 실컷 먹기까지 한 덕에 잠기운이 쏟아지고 있었다. 치사토는 아버지의 어깨에 머리를 기대고 편안한 자세를 취했다. 고개를 숙여 옷깃에 코를 묻자, 온몸에 배어 있던 산의 향기가 희미하게 풍겼다.

이게 분명 마지막 꿈이다. 완전히 익숙해진 향기에 의지해 깊은 곳에 내려앉은 치사토는 미도리의 모습을 찾았다. 곧 어둠 속에서 팔랑팔랑 꽃이파리를 떨구는 백목련 나무 아래서 익숙한 뒷모습을 발견했다. 그 뒷모습은 눈처럼 쌓인 꽃 잎 한가운데에 무릎을 끌어안고 웅크려 있었다. 너무 오랫동안 끌고 다니고 말았다. 미도리의 등 뒤에 무릎을 꿇고 앉아, 치사토는 천천히 손을 내밀었다. 두 갈래로 곱게 땋아 내린 뒷머리를 살그머니 쓰다듬었다. 어머니가 공들여 땋아 준 예쁜 머리를, 이 아이는 결코 잊지 않을 것이다.

"또 놀자."

나지막이 말을 걸자 둥근 머리가 확실히 한 번 끄덕거렸다. 하얀 꽃잎이 떨어져 내린다. 이윽고 자그마한 몸은 자리에서 일어나 어둠 속으로 달려갔다.

벚꽃 아래서 기다릴게

평일 저녁 도쿄를 향하는 신칸센에는 출장에서 돌아오는 회사원들이 많다. 오늘은 금요일. 한 주를 잘 버틴 스스로에 대한 보상으로 조금 고급스런 도시락을 사는 손님이 늘어날지도 모른다. 센다이의 '우설구이 도시락'과 이와테의 '산리쿠 전복 성게밥'은 넉넉히 채워 두도록 하자. 추가로 안주를 주문하는 사람에게는 기왕이니 맥주뿐 아니라 일본술을 권해 볼까. 세 번째로 돌 때에는 기념품을 메인으로 쌓아 두도록 하자, 어제 미팅에서 코오리야마의 '얇은 피 만두'를 굉장히 많이 판 스태프의 이야기가 나왔는데, 어떤 식으로 말을 꺼냈더라. 이것저것 생각하며 차내의 준비실에서 손수레를 정돈하고 있는데, 등 뒤에서 아미 씨가 말을 걸었다.

"사쿠라 씨, 리카 씨가 말했던 오늘 그거, 갈 거지?"

사쿠라는 손수레 세팅에 몰두해 있었던 탓에 머리가 새하얗게 비어 있음을 깨달았다. '그게 뭐였더라' 하고 멍청하게 되새김질하다, 그것이 2주 전에 말했던 단체 미팅 이야기라는 걸 뒤늦게 떠올렸다.

"가, 가요! 당연히 가죠. 치과 의사들이랑 만나는 그거 말이죠?"

"어머, 기대하던 것치고는 잊고 있었나 봐?"

"최근 계속 지방에서 머물렀더니 요일 감각이 사라지는 바람에……. 아미 씨는 가나요?"

"가고 싶었지요~. 하지만 난 오늘 이다음부터 도쿄로 되돌아가서 모리오카에서 하룻밤 자는 스케줄이라."

"저런, 피곤하겠어요."

"카케이 토시오* 만큼 멋진 남자가 있으면 얘기 좀 해 줘."

아미 씨는 팔랑팔랑 손을 흔들며 뒤쪽 차량으로 향했다. 사쿠라보다 세 살 어린 스물여섯 살의 그녀는 중도 입사한 사쿠라보다 직급이 높아, 지금은 중견 스태프의 지도를 맡고 있다. 몸집이 작고 눈이 동그란 겉모습은 후지야의 페코짱** 과 꼭 닮아 있지만, 120킬로그램을 넘는 손수레를 슈퍼마켓 카트라도 미는 것처럼 가볍게 밀며 깜짝 놀랄 만큼 많은 도시락을 팔고 돌아온다. 그리고 의외로 연배 있는 남자가 취향이다. 지금은 거리낌 없이 이야기를 나눌 수 있지만, 막 입사했을 무렵은 그저 가르침이 엄격하고 무서운 선배였다.

---

* 일본의 유명 영화 배우. 대표 출연작으로는 〈춤추는 대수사선〉이 있다.
** 후지야 제과에서 나온 캐러멜 'Milky'의 포장지에 그려진 여자아이 캐릭터를 말한다. 동그란 눈과 혀를 내밀고 있는 표정이 특징이다.

동경하던 마음에 이끌려 재취직한 차내 판매원의 일은 상상 이상으로 힘든 것이었다. 하이힐을 신고 오랜 시간 서서 일해야 하는데다, 손수레 취급이나 음료를 싣는 일 등 체력으로 승부를 보아야 하는 상황도 많고, 물건을 팔고 있는 사이에는 360도 고객의 움직임을 주시해야 한다. 게다가 개인 판매금액이 매일 확실히 제시되므로 실적 압박도 강하다. 직장에 정착해서 오랫동안 근무할 수 있는 건 창의적인 노력을 꾸준히 하며 판매실적을 쌓아올린 장인 기질의 사람들뿐이다. 여자뿐인 수직적 사회에서는 화려함만큼의 혹독함이 있다.

차장의 안내방송에 이어서 문이 닫히고, 신칸센이 소리 없이 미끄러지듯 플랫폼을 빠져나간다. "좋았어!" 하고 허리를 두들기며 기합을 넣은 뒤, 사쿠라는 자신이 담당하는 앞쪽 차량을 향해 손수레를 밀고 나갔다.

'먼 곳에 가고 싶다'고 생각했다.

4년 전 근무하던 칸사이에 본사를 둔 인쇄회사가 '사업 축소를 위해 도쿄 사업소를 폐쇄한다'며 종업원의 정리해고를 발표했던 날 밤의 일이었다. 계절은 봄이라 한창 때를 맞이한 벚꽃이 마을 이곳저곳에 담홍색 천정을 만들고 있었다. 퇴근길에 가까운 커피숍에서 가장 싼 스몰 사이즈 커피를 마시며, 사쿠라는 멍하니 창 너머의 밤하늘을 올려다보았다. 아무런 생각도 할 수 없었다.

단기대학을 졸업하고 취업과의 소개로 입사한 뒤 회사 실적은 악화일로를 걷고 있었다. 매해 지날 때마다 인원 감축이 있었고, 그 대신 일만이 산처럼 쌓여 갔다. 20대 전반의 자신이 대체 무엇을 하고 있었는지 아무리 기억을 더듬어 보아도 거의 아무 것도 떠올릴 수 없었다. 기억하고 있는 것은 항상 납기일에 쫓겼으며, 오류가 생겼다는 말에 이곳저곳 사과하러 돌아다니고, 꾸벅꾸벅 졸다 전철 문에 머리를 부딪치고 있었던 것 정도다. 자그마한 회사는 시세 변화에 대응하지 못했다. 조례 시간에 고개를 숙이던 사장의 정수리를 아무리 떠올려 보아도, 미워하는 마음이 들기는커녕 그럴 힘조차 몸속 어디에서도 찾아볼 수 없었다.

목이 아파져서 하늘을 올려다보던 눈을 슬그머니 아래로 내렸다. 주상복합빌딩을 가득 채운 음식점의 네온사인과 오고가는 자동차의 라이트 불빛을 받아 정신없이 바쁜 밤거리가 눈앞에 펼쳐진다. 똑같은 치요다 구라도 아름답게 개발된 도쿄 역 주변이나 근대적 상업 빌딩이 늘어선 아키하바라와는 분위기가 다른, 혼잡한 번화가의 한 구획이다. 저녁 식사가 끝났을 무렵이라 오가는 사람들이 많다.

당시 사쿠라가 살고 있던 아파트는 회사 바로 근처에 있었다. 막차를 놓치는 일이 너무 잦았기 때문에 차라리 근처에 사는 편이 편할까 하는 생각으로 취직해서 1년 정도 되던 해 그쪽으로 이사했다. 그러나 실패였다. 계속 이 작은 영역 안에서 회사와 집 사이를 오고가기만 했다. 모처럼 교통편이 좋은 시내에 살고 있는데 정작 아무 데도 가지 못했다. 잘 생각해 보면 매일 보고 있는 거리마저 끝까지 걸어가 본 적이 없다. 그 끝에 무엇이 있는지조차 몰랐다.

커피를 다 마신 순간 '먼 곳에 가고 싶다'고, 텅 빈 머릿속에 당돌한 욕망이 생겨났다. 희미하게 빛나는, 스스로가 생각해도 바보 같다고 비웃고 싶어질 만한 생각이었다. 먼 곳에 가서 지금까지 몰랐던 것을 보고 싶다. 빈 커피 컵을 카운터에 돌려주고 나서 눈앞의 거리를 터벅터벅 걷기 시작했다. 곧 하이힐을 신은 발톱 끝이 아파 왔지만 신경 쓰지 않고 발을 옮겼다.

주상복합빌딩이 늘어선 번화가를 벗어나 커다란 고속도로의 가드레일 아래를 지났다. 20분 정도 걷다 보니 거대한 빌딩 사이에서 길을 잃고 말았다. 아무래도 오오테마치로 나온 것 같다. 건물 하나하나가 너무나도 커서 원근감이 사라져 간다. 거북이가 개미가 되어 버린 기분으로 은행이나 신문사, 누구나 알고 있는 대기업 본사 빌딩 앞을 지나쳐 갔다.

이윽고 시야의 절반을 막고 있던 빌딩 그림자 속에서 붉은 빛을 띤 금색 탑이 불쑥 얼굴을 내밀었다. 조명을 켠 도쿄타워다. 어라, 이렇게 가까이에 있었구나, 하고 내심 찔리는 느낌에 발을 멈췄다. 도쿄타워에서 제일 가까운 역이 어디더라. 생각해 보아도 곧바로 떠오르지 않는다. 대부분 전철을 타고 이동하는 탓에 도쿄 지리라면 실제 지도보다 전철 노선도를 떠올리는 일이 많았다. 무엇보다 시내는 빌딩이 많은 탓에 시야가 가려져서 어디에 무엇이 있는지 파악하기 어렵다.

그저, 저 정도 크기라면 걸어서 갈 수 있을 것 같았다. 밤 바다에서 등대를 발견한 배가 이런 기분일까. 사쿠라는 금색으로 빛나는 탑 쪽으로 발길을 돌렸다.

"맥주랑 감씨과자."

"지금 남아 있는 도시락엔 어떤 게 있죠?"

"그 잘 팔리는 멍게, 있나요?"

객실과 통로를 나누는 자동문을 지나는 순간 양 옆 자리에서 화살처럼 말이 쏟아진다. 그 하나하나에 웃는 얼굴로 대답하며, 사쿠라는 상품이나 메뉴를 건네고 잔돈을 준비한다.

지금까지 접객업과는 연이 없었던 때문인지 처음 일을 시작했을 무렵에는 그저 허둥대며 손을 움직이는 게 전부로, 쓸데없는 동작이 많다고 몇 번이고 꾸지람을 들었다. 지금은 대량주문에도 익숙해지고 앞치마 주머니 속의 동전 종류도 손끝으로 구분할 수 있게 된 덕분에 어느 정도 부드럽게 받아넘길 수 있게 되었다고 생각한다. 그러나 아미 씨는 "차량판매에서 가장 중요한 부분은 실제로 손님이 말을 걸었을 때부터가 아니라, 그 전 단계에 있는 거야"라고 말했다.

손님의 태도를 잘 관찰해서 필요로 하는 타이밍에 알맞게 그 자리를 지나가는 것. 컴퓨터를 가지고 일을 하고 있는 손님이라면 언제쯤 커피를 마시며 한숨 돌리고 싶어질까. 관광객이라면 기념품 사는 걸 잊지는 않았을까. 무언가 사고 싶다는 생각을 하고 있는데 이쪽에서 알아차리지 못하고 지나쳐 버린 사람은 없을까. 상품 안내에도 요령이 필요하다. 그저 "커피, 도시락, 과자, 기념품"이라고 반복하는 게 아니라, 어떤 커피인지, 기념품에는 어떤 종류가 있는지, 도시락엔 어떤 내용물이 들어 있는지, 아주 작은 한마디를 덧붙이는 것만으로 손님의 반응은 달라진다. 고객의 잠재적 요구를 놓치지 않고 끄집어내어, 말을 걸기 전 단계에서부터 말을 걸기 쉬운 상황을 만드는 것이 중요하다고 배웠다.

"이 사람이 내 가족이라면, 하고 생각하면 돼. 아버지가 가장 좋아하는 도시락을 고를 수 있는 게 좋겠지 라거나, 어머니가 아까 화장실 앞에 서 있었는데, 사고 싶었던 건 없었을까 라거나. 아무 말도 하지 않더라도 왠지 모르게 알게 되는 거 있잖아."

손님 접대에 있어서 감이 좋은 아미 씨가 망설임 없이 '가족'이라고 하는 말을 듣고 사쿠라는 조금 곤란해졌다.

사쿠라의 부모님은 사쿠라가 성인이 되고 나서 곧바로 이혼했다. 어머니는 이미 새로운 가정을 꾸렸고, 아버지와는 10년 가까이 접점이 없다. 함께 살고 있던 무렵에도 가족 간의 사이는 그다지 원만하지 않아서, 사쿠라와 다섯 살 어린 남동생은 매일 싸우는 부모님과 가능한 한 얽히지 않도록 항상 몸을 웅크린 채 살고 있었다. 가까운 관계라면 알 수 있는 것. 이런 감각은 별로 믿지 않는다.

그러나 어찌됐건 손님들의 동작을 놓치지 않도록 계속 주시하고 있던 중 조금씩 '아, 지갑을 찾고 있는 걸 보니 무언가 사고 싶은 물건이 있구나', '말은 꺼내지 않았지만 무언가 묻고 싶은 것 같아' 하는 포인트를 잡을 수 있었고, 매상은 조금씩 늘어 갔다.

여행이건 일이건 귀향이건, 사쿠라는 타고 있는 모두가 예정에 얽매여 긴장하고 있는 오전의 신칸센보다, 하루를 끝내고 이제 집에 돌아갈 일만 남아 손님들의 어깨에서 힘이 빠져 있는 밤의 신칸센 쪽을 좋아한다. "수고하셨어요"라는 위로의 말을 건네고 싶어지고, 자연스레 응대하는 목소리에도 그런 감정이 담긴다. 자신이 이 신칸센의 레일 위를 1밀리미터도 벗어나지 않고 오고가는 사이, 이 사람들은 목적지에서 많은 것을 보고, 듣고, 맛보고, 얻고, 일정을 끝낸 뒤 다시 이 레일 위로 돌아온 것이다. 생각하면 생각할수록 기묘하면서도 즐거운 일이다.

갑자기 오늘 일과 중 통로에서 만난 소녀의 얼굴을 떠올렸다. 둥근 소매의 고급스럽고 귀여운 원피스를 입고 있던 소녀는, 결혼식에 간다고 말했다. 쇳덩어리가 무시무시한 속도로 달리고 있다는 사실이 갑자기 무서워진 것 같았다. 그 아이는 무사히 목적지에 도착했을까. 처음 가 본 하나마키의 풍경은 그 아이의 눈에 어떤 모습으로 비쳤을까.

"신칸센은 안전해요?"라고 눈물을 글썽이며 묻는 질문에 떠오른 대답 중에서 일부러 하지 않았던 말이 있다. 신칸센은 안전하다. 영업을 시작하고부터 50년 동안 승객이 사망한 적은 한 번도 없었다는 실적은 정말 대단하다. 그러나 신칸센에서 죽은 사람이 한 명도 없는 것은 아니다. 아주 가끔 무시무시한 것에 쫓겨서 철책을 넘어 플랫폼을 박차고 선로에 뛰어드는 사람이 있다. 사쿠라는 그 아이가 그런 무서운 것을 만나지 않은 채 평생을 살아갔으면 좋겠다고 생각했다. 아니면 그런 식으로 아이의 눈에서 무서운 것을 감추려 한 쪽이 그 아이를 믿지 못하고 미숙한 존재로 업신여긴 게 되는 것일까.

이런 식으로 무심결에 손님들과 나눈 대화가 기억에 남는 일은 많다. 가끔 사쿠라는 이 일을 마치 수량이 풍부한 커다란 강을 들여다보는 것 같다고 느낄 때가 있다. 매일매일 무수한 손님이 사쿠라의 곁을 지나간다. 수많은 사람들은 평생 한 번 만날 인연으로, 두 번 다시 만날 수 없다. 그들이 돌아가는 신칸센이 사쿠라가 담당하는 차량이 될 거라고 단정 지을 수 없기 때문이다. 그러나 그 짧은 순간 그들이 남긴 단편적인 기억은 사쿠라의 안에 조금씩 쌓여 간다.

가족들을 위한 기념품을 열심히 고르고 있던 할머니, 지금부터 딸의 장례식이라며 구입한 도시락에 손도 대지 않고 계속 울고 있던 아버지, 먼 곳으로 떠나는 첫 여행에 들떠 계속 통로에 서 있던 아이들. 면접용 정장을 입고 커피 컵을 쥐고 있는 취업준비생의 새하얀 손가락. 일을 이어가고 있는 사이 어느 순간, 한마디만 더, 무언가 말하고 싶다는 생각이 들었다. 한마디만 더. 상품 설명이라도 명소 안내라도 좋으니 이 먼 여행이 그 사람에게 있어 더 즐거운 것이 될 만한 무언가를 덧붙여 말할 수 있다면 좋을 텐데. 이것이 아미 씨가 말한 '가족이라면'이라고 생각하는 걸까.

생각을 멈추고 판매에 전념해서 세 시간 정도로 일을 끝냈다. 남기면 폐기처분해야 하는 도시락이나 샌드위치를 무사히 판매 완료한 것에 안도하며 손수레를 정리하고 영업소에서 매상을 집계했다. 체커에서 튀어나온 금액이 금요일의 평균 매상을 약간 상회하는 것에 또 한 번 가슴을 쓸어내렸다. "저녁밥 사 올게" 하며 지갑을 한 손에 들고 빠른 걸음으로 역 안을 향하는 아미 씨를 배웅한 뒤, 당직자에게 인수인계를 하고 퇴근 준비를 했다.

휴대전화를 확인해 보자 간사인 리카 씨가 보낸 문자가 도착해 있었다. 예정대로 여덟 시부터 마루노우치의 룸이 있는 이자카야에서 3 대 3. 장소와 시각을 확인하고 라커룸에서 화장을 고친 뒤 다른 스태프들에게 인사하며 퇴근했다. 스태프 전용 출구를 통해 밖으로 나가자, 오후 일곱 시를 지난 도쿄 역은 퇴근하는 사람들로 붐비고 있었다.

미팅이 있다는 걸 까맣게 잊고 있었던 탓에 여성스러움이라곤 조금도 없는 검은색과 보라색의 브이넥 보더 셔츠에, 사람을 목 졸라 죽일 수 있을 듯한 굵다란 금목걸이를 한 차림새다. 사쿠라는 황급히 역과 이어진 백화점으로 뛰어가서 흰색 바탕에 은은한 파스텔 컬러의 꽃 모양이 그려진 청초한

상의를 구입했다. 새로운 액세서리를 사긴 아까웠기 때문에 그 대신 옷깃 언저리에 자그마한 라인스톤이 붙어 있는 것을 골랐다. 남은 건 매일 갈고 닦은 애교로 어떻게든 해 보자. 기합을 한번 넣고 지상을 향했다.

밤의 마루노우치 역 앞 광장은 조명을 켠 도쿄타워와 즐비한 창문에서 환한 빛을 내뿜는 오피스 빌딩에 둘러싸여, 거의 매일 지나다니고 있음에도 저도 모르게 발을 멈춰 버릴 만큼 아름답다. 여기가 좋다. 몇 년이 지나도 이 풍경을 보고 있고 싶다. 그런 생각을 하면서 약속 장소인 이자카야가 있는 곳으로 서둘러 발걸음을 옮겼다.

두 시간 뒤, 그냥 그런 다른 멤버들과 역 개찰구 앞에서 헤어지고 나서 사쿠라는 자신과 마찬가지로 리카 씨의 초대로 온 영업소 경리 스태프 미즈호와 근처의 꼬치구이집에서 새로이 술잔을 기울이고 있었다.

"결국 우리들, 리카 씨의 괴상망측한 연애에 휘말려 귀찮은 꼴을 당한 것뿐이잖아."

자리에 앉자마자 바로 생맥주를 벌컥벌컥 마시며, 미즈호가 피곤한 목소리로 말했다. 사쿠라는 방울양배추와 카망베르 치즈를 번갈아 끼운 꼬치를 한 조각씩 맛보며 "점점 명백히 밝혀지고 있네" 하고 대꾸했다. 동갑내기인 두 사람은 입사 시기가 가깝기도 한 덕에 직장 안에서도 가장 허물없는 사이였다. 덧붙여 리카 씨는 두 사람보다 다섯 살 연상으로, 미즈호의 상사이기도 하다.

리카 씨와 그녀의 고등학교 동창이라는 치과 의사인 남자가 간사를 맡은 단체 미팅 자리는 이걸로 세 번째였다. 누가 봐도 두 사람은 서로에게 관심이 있는데 어째서인지 그것을 인정하지 않은 채, 미팅이란 명목으로 접점을 만들어서는 어린애처럼 유치하게 밀고 당기기를 하고 있다는 설이 있다. 간사라는 이유로 테이블 끝자리에 진을 치고 앉아서 동창끼리만 통하는 주제로 이야기꽃을 피운 두 사람 덕에 미팅은 처음부터 끝까지 미묘한 분위기가 떠돌고 있었다. 다행히 남자 쪽 한 사람이 사교적인 성격이라 분위기를 바꿀 만한 세간 이야기를 이것저것 꺼낸 덕분에 어떻게든 그 자리가 유지되었을 뿐, 힘든 시간이었던 것에는 변함이 없었다. 그렇다고 해서 힘들지 않고, 아무런 문제도 없는 은혜로운 미팅이라는 것도 거의 찾아보기 어렵지만.

사쿠라는 이어서 도착한 소금에 절인 오이를 집으며 스마트폰을 꺼내들었다.

"뭐, 핸드폰 번호 교환은 했지만."

"오니시 씨 좋은 사람이었으니까. 하지만 어딘가 너무 뺀질거리는 것 같아서 말이야. 뒤에서 가정폭력이라도 저지를 것 같지 않아?"

"어, 그건 몰랐는데."

"그냥 느낌이었을 뿐이야. 난 굳이 고르자면 그 사람보다는 마츠노 씨 쪽이 나을까."

"그 무뚝뚝한 사람? 세계유산 프라모델 조립이 취미인?"

"그런 것에 푹 빠져 있는 사람이 바람은 안 피울 것 같잖아."

느긋하게 서로의 감상을 나누며 "남자 셋 중에서는 그 민폐투성이 간사 녀석이 제일 싫더라. 리카 씨 남자 취향 참 독특하네" 하고 두 사람을 안주삼아 불만을 가라앉혔다. 한 차례 웃어넘긴 뒤, 입가에 맥주 거품을 묻힌 미즈호가 진지하게 말했다.

"하지만 사쿠라의 행동력은 배우고 싶은 걸. 난 마츠노 씨가 좋은 사람일 거라고 생각은 해도 내 쪽에서 먼저 연락처를 묻거나 하지 않으니까. 이런 자리에 초대받으면 일단 얼굴은 내밀지만, 진짜로 결혼하고 싶은 거냐고 묻는다면 잘 모르겠어."

행동력, 이라는 말에 사쿠라는 말문이 막혔다. 확실히 초대받은 미팅은 거절하지 않고, 조금 더 이야기하고 싶다는 생각이 드는 사람이라면 망설이지 않고 연락처를 묻는다. 그러나 그것이 가정이나 출산, 자녀 양육과 부모 부양, 대출이란 무거운 인상을 품고 있는 '결혼'이란 두 글자와 확실히 연결되어 있느냐고 묻는다면, 확신은 없다.

"그럴 리가, 진짜로 진짜로 진심으로 결혼하고 싶은 거냐고 한다면, 나도 잘 모르겠어."

"하지만, 좋은 상대가 있었으면 좋겠다는 생각은 하고 있는 거지?"

"으음."

사쿠라는 거품이 꺼진 하이볼을 홀짝홀짝 마시며 맞은편에 앉은 미즈호를 바라보았다. 일을 끝낸 뒤 영업소에서 볼 때에는 눈꺼풀도 입술도 푸석푸석할 때가 많았지만, 오늘은 휴일이었던 건지 미팅용의 화려한 메이크업으로 꾸민 얼굴이 무척 예뻤다. 모공 하나 보이지 않는 크림빛 피부가 매끈거렸다. 자연스런 체리 핑크빛 입술은 튀김을 베어 물기 전부터 반짝반짝 빛나고 있다.

10대의 미즈호와 만난 적은 없지만, 분명 그때보다 지금의 미즈호가 훨씬 예쁠 거라고 생각한다. 피부의 수분기는 어느 정도 사라졌을지도 모른다. 하지만 그 대신 일과 돈, 자신감과 자유를 얻은 그녀는 지나온 세월만큼 얻은 무언가를 금빛 날개옷처럼 온 몸에 휘감고 있었다.

결혼이나 가정에 대해 생각할 때 항상 사쿠라의 머릿속에 떠오르는 것은 철이 들었을 무렵에 본 어머니의 얼굴이었다. 나이로만 보면 지금의 자신과 열 살도 차이나지 않을 것이다. 그러한 사실에도 놀랐고, 무엇보다도 당시의 자신이 엄마를 '피로에 찌든 평범한 아줌마'라고 생각하고 있던 사실을 믿을 수가 없었다. 엄마의 어깨 위에서는 이 금빛 날개옷을 찾아볼 수 없었다. 항상 무언가에 화가 난 채로 귀찮은 듯 집안일을 하고 있었다. 아무것도 없는, 그저 잔소리가 심한 재미없는 사람이라고 생각했다.

지금 이상으로 여자에게 냉정했던 시대 탓일까, 어머니나

주부라는 가정 생계에 찌든 호칭이 그렇게 보이게 만든 걸까. 그것도 아니라면 자신이 어린아이여서 걸치고 있던 날개옷을 보지 못한 것일까. 알 수 없다. 하지만 아직 무언가 날개옷을 걸치고 있다고 믿고 있는 자신이나 미즈호가 결혼과 출산이란 새로운 짐을 등에 지면서 그 옷을 한 장씩 벗고, '피로에 찌든 평범한 아줌마'가 되어 가는 건 아닐까 하는 불안감은 항상 희미하게 주위를 떠돌고 있다.

"결혼은 어쨌든, 아줌마가 되는 건 무서워."

맥락 없이 떠오른 말을 그대로 중얼거리자, 미즈호는 눈꼬리에 주름을 지으며 웃었다.

"무슨 말 하는 거야, 여기저기 쏘다니고 있는 여고생들 눈에는 우리 둘 다 이미 아줌마인 걸."

"그거야 그렇겠지만, 아직은 언니이고 싶달까?"

"뻔뻔하긴."

웃고 있는 사이에 잔 옆에 놓아두었던 사쿠라의 스마트폰이 울렸다. 화면이 빛나며 봉투 모양 마크가 나타난다.

"아, 미안. 슬슬 가 봐야겠어."

"응, 시간 다 된 거야?"

"응, 남동생이 오기로 했거든. 상담할 일이 있다면서."

"이런 시간에? 사이좋구나?"

"좋지. 몇 살을 먹어도 못 미더워서 내버려 둘 수 없더라."

조금 더 마시고 가겠다는 미즈호에게 술값을 건네주고 "내일 봐" 하며 손을 흔들고 헤어졌다. 하이힐 소리를 울리며 역으로 돌아가, 집으로 돌아가는 사람들로 붐비는 야마노테선을 타고 시나가와 방면을 향한다. 집에서 제일 가까운 역의 개찰구에 아직 남동생의 모습은 보이지 않았다. 스마트폰을 켜 문자를 확인하면서 개찰구를 통해 나오는 사람들의 물결을 바라보았다.

멀리서 보아도 슈지의 모습은 바로 알아볼 수 있었다. 슈지는 사쿠라보다 주먹 하나 정도 큰 키에, 살집이 있는 호리호리한 몸을 약간 앞으로 구부정하게 숙여 걷는 버릇이 있다. 하얀 바탕에 라이트그린 색 스트라이프가 들어간 셔츠와 베이지색 면바지를 입은 슈지가, 물고기가 강을 따라 내려오듯 혼잡한 인파 속을 술술 빠져나오고 있었다. 한 손을 들어 보인 사쿠라를 알아챈 듯 슈지는 귀에 꽂고 있던 이어폰을 뺐다. 귓불에 나란히 위치한 피어스 세 개가 반짝 하고 빛난다. 슈지는 치바에 있는 남성용 옷가게에서 부점장으로 일하고 있다. 옅은 갈색으로 물들인 머리카락을 흔들며, 다섯 살 어린 남동생이 슬쩍 고개를 기울였다.

"기다렸어?"

"지금 막 도착했어."

"뭔가 옷이 평소랑 다른데? 누나 보통은 훨씬 더 날카롭고 화장도 진하게 하고 있는데, 웬일로 갑자기 소녀스러워진 거야?"

"날카로워서 미안하네요. 미팅이 있었어."

"흐음."

누나도 미팅 같은 거 하는구나, 하고 중얼거린 슈지를 데리고 사쿠라는 역 근처의 주차장으로 향했다. 주차장에 차를 세운 뒤, 도보로 15분 정도 걸리는 아파트를 향해 걷기 시작했다. 도중에 슈지는 편의점에 들러 냉동 라면을 샀다. 폐점 작업이 길어진 탓에 저녁 식사를 아직 하지 못했다고 한다.

사쿠라가 사는 원룸은 10층 건물의 9층에 있다. 지은 지 40년 가까이 되지만, 리모델링 덕에 내부는 그럭저럭 모양새를 갖추고 있다. 저렴한 집세와 통근의 편리성, 그리고 또 하나의 자그마한 이유로 고른 방이다.

짐을 내려놓은 슈지는 곧바로 부엌에 서서 요리를 시작했다. 다다미 여섯 장 정도 크기의 서양식 방에 된장 냄새가 피어오른다. 아무런 건더기도 넣지 않고 면을 끓이고 있는 것을 차마 두고 보지 못한 사쿠라가 옆에서 파와 계란을 집어넣는다. 슈지는 "고마워"라고 중얼거리고 쑥스러운 듯 입술을 삐죽 내밀었다.

화장을 지우고 실내복으로 갈아입은 사쿠라는 등을 둥글게 말고 라면을 먹는 동생 옆에 앉았다. 슈지는 좀처럼 말문을 열지 못하고, 멍하니 열한 시경 시작하는 정보 방송을 바라보고 있었다. 딱히 할 일이 없던 사쿠라는 나지막한 테이블 한가운데 놓여 있는 스노 돔을 뒤집었다. 테니스 공 크기의 돔 안에서 옅은 핑크색 종이 조각이 반짝반짝 춤을 춘다. 돔 한가운데 있는 것은 활짝 꽃을 피운 벗나무다.

시내의 벚꽃이 활짝 피기 2주 전, 역 안에 있는 잡화점에서 한눈에 반해 사 버렸다. 벚꽃이건 단풍이건 한창 때의 관광 시즌에는 매년 도무지 휴가를 낼 수가 없다. 이거라도 대신 즐기자 하는, 조금은 자조적인 기분도 있었는지 모른다. 그리고 예상대로 올해도 셀 수 없을 만큼 많은 손님들에게 벚꽃놀이 명소를 안내했음에도 불구하고, 개인적으로는 단 한 번도 벚꽃놀이를 가지 못했다.

어느 사이엔가 도심의 벚나무는 녹색 잎이 눈에 띄게 돋아나고, 사람들은 골든 위크를 기다리며 들떠 있었다. 다음 주말부터 시작되는 노도의 연속 근무 시프트를 떠올리면, 미리 체력 단련을 해 둬야지 하고 자연스레 명치에 힘이 들어갔다. 행락철의 혼잡 속에서 상품을 파는 것은 힘든 일이지만, 그만큼 매상 증대를 기대할 수 있는 승부의 시기이기도 하다.

깨끗이 비운 그릇을 개수대에 올려두고 돌아온 슈지는 몇 번인가 앉은 자세를 바꾸며 무슨 말을 꺼낼지 고민하는 듯 입가를 실룩거리다가 겨우 용건을 꺼냈다.

"나, 결혼할지도 몰라. 일단은 봄부터 취직도 했고, 이미 5년이나 사귀었으니 슬슬 결혼하자는 얘기를, 카오리도, 카오리네 집에서도 하고 해서."

토막토막 끊기는 말에 사쿠라는 눈을 크게 떴다. 기쁨과 놀라움으로 머릿속이 순식간에 담홍색으로 물들어 갔다. 이전에 몇 번인가 얼굴을 마주친 적이 있는 카오리는, 베이커리에서 빵을 만들고 있는 시원시원하고 밝은 여자아이다. 남에게 휩쓸리기 쉬운 부분이 있는 슈지보다도 훨씬 금전감각이 확실해서, 이 아이와 함께 있는 한 안심이라고 남몰래 기대하고 있었다.

"엄청나게 좋은 이야기잖아! 난 카오리가 네게 정나미가 떨어지는 건 아닐까 조마조마하고 있었다고. 축하해. 잘됐네."

"응, 잘된 거겠지만……."

축하할 만한 이야기인데도 슈지는 의외로 미적지근한 반응을 보이며 테이블 위에서 스노 돔을 데굴데굴 굴리고 있었다. 한참 동안 아무 말 없이 기다리고 있자니, 슈지는 눈썹을 찌푸리며 조금 괴로운 듯한 얼굴로 "가정이란 게 그렇게 좋은 거였나" 하며 쥐어짜듯 말했다.

부모님의 사이가 서서히 나빠진 것은 사쿠라가 고등학생이었을 때부터였다. 싸움의 원인은 잘 생각나지 않는다. 그러나 어머니가 아버지를 향해 "나를 업신여기고 있는 거죠?", "뭘 위해서 결혼한 거예요?" 하고 소리친 것은 기억하고 있다. 기본적으로 말다툼을 하면 말주변이 좋은 어머니의 말에 휘둘린 끝에 말문이 막힌 아버지가 결국 물건을 던지거나 부수는 일이 일상이었다. 오랜 시간이 지난 뒤 저녁 식사 자리에 아버지의 모습이 사라지고, 같은 집에 살면서도 거의 별거하는 듯한 생활이 이어졌다. 서로 간에 무언가 용건이 있을 때는 사쿠라나 슈지를 불러 말을 전달하는 일이 많았다.

　조금이라도 부모님들 간에 대화의 물꼬를 터 보려는 마음에 슈지와 둘이서 바보처럼 거실에서 까불대거나, 일부러 큰 목소리로 떠들던 것을 기억하고 있다. 우리들이 바보 같은 짓을 해서 실패하니까 부모님이 힘을 합쳐 꾸짖어 주었으면 좋겠다는 생각이 무의식 속에서 서로 통한 두 사람의 바람이었다. 하지만 목이 아프도록 떠들어대도 "시끄러워"란 어머니의 가시 돋친 목소리가 돌아올 뿐, 집 안은 여전히 쥐죽은 듯 조용했다. 어머니는 공격적인 뱀처럼 보였고, 아버지는 만지면 손마저 얼어버릴 듯한 겨울의 돌산으로 보였다. 부모님은 사쿠라가 성인이 되어 집을 나오자마자 이혼했고, 아직 중학생이었던 슈지는 어머니에게 맡겨졌다.

　독립하고 나서 마음속 깊은 곳에서부터 안도했던 것을 기억하고 있다. 이제 더 이상 그렇게 떠들거나, 웃기려 노력하거나, 바보처럼 행동하지 않아도 된다. 사쿠라는 지금껏 자기 자신을 '말수가 많은 가벼운 사람'이라고 생각하고 있었다. 그러나 혼자서 살기 시작한 뒤에서야 겨우 자신은 말하기보다 남의 이야기를 멍하니 듣고 있는 쪽을 좋아한다는 것을 알았다.

　일손이 모자란 직장에서 일에 쫓기며 수 년이 지난 어느 날, 프리터*를 하고 있다는 슈지가 느닷없이 찾아와서 "그 사람 또 결혼했어. 아이가 생겼다던데" 하고 어머니의 재혼을

---

* 정식으로 취업하지 않고 아르바이트를 생계 수단으로 삼는 사람을 말한다.

알려 주었다.

대규모 연휴와 여름방학, 연말연시에는 대체로 집까지 일을 가져와서는 아파트의 앉은뱅이 테이블 위에서 하곤 했다. 하지만 어머니의 재혼을 들었을 때 갑자기, 바빠서 어디에도 가지 못했던 것이 아니라, 자신에게는 돌아갈 수 있는 고향이 없다는 것을 깨달았다.

태어난 것은 사이타마지만 공무원이었던 아버지는 현 안에서의 전근이 잦았고, 철이 들었을 무렵에는 2년마다 이사를 반복했다. 애착이 있는 곳이라고는 생각나지 않고, 원래 별로 교류가 없던 친척들은 부모님의 이혼을 계기로 연락이 끊겼다. 특히 성격 불일치로 오래 전부터 상담을 받아 왔던 양가 조부모들은 두 사람에게, 아버지 쪽은 어머니의, 어머니 쪽은 아버지의 험담을 해 와서, 꺼림칙한 기분에 이 쪽에서부터 교류를 피하고 있었다.

직장을 옮기고 1년 정도 지났을 때 미즈호에게 아무 생각도 없이 안심하고 돌아갈 장소를 갖고 싶다고 슬쩍 이야기한 적이 있다. 그러자 그녀는 잠시 생각에 잠기더니, "아무 생각도 없이 고향에 돌아갈 수 있는 사람은 거의 없을걸" 하고 말했다.

"그런 걸까."

"나도 연말에 돌아갈 때마다 빨리 결혼해라, 상대가 없는 거라면 선이라도 봐라, 그러다 아이를 낳지 못할 수도 있다, 하는 소릴 듣는걸. 잘 살고 있는 다른 가족들과 항상 비교당하고. 부모님과 사이가 나빠서 고향에 가지 않는다는 사람들도 산처럼 있고, 뭐랄까, 연결점이 있다는 건 그만큼 끊임없이 무언가를 요구받는다는 거니까, 안심과는 조금 다른 기분이 들어."

"으음. 하지만 역시 부러운걸. 걱정해 줬으면 좋겠어. 저녁 식탁에 내가 좋아하는 요리가 올라오고, 모두 모여서 사이좋게 뒹굴며 영화를 보거나 하는 게 부럽거든."

이야기를 하면서 사쿠라는 어딘가 조금 이상한 기분이 들었다. 자신은 원래 가정에 속해 있었고, 아버지나 어머니, 친척들이 항상 반드시 친절한 것이 아니라, 때로 무척 말도 안 되는 말을 하거나 행동을 한다는 걸 분명 뼛속 깊이 알고 있었다. 그럼에도 다른 사람의 가정에 대해 공상할 때에는 무척이나 평화롭고 아름다운 이미지가 머릿속에서 넘쳐흐른다. 꿈이나 기대가 숨막히게 부풀어 올라 감정 조절을 할 수 없다. 내가 가지지 못한 진짜 따뜻한 가정이란 이런 것이라는 이상적 모습에서 빠져나올 수 없었다.

미즈호는 입 안에 쓴맛이 도는 것처럼 목 안을 울리며, "그렇게 생각하게 되는 것도 괴롭구나"라고 흘리듯 말했다.

베란다 유리문을 열자 시원한 밤바람이 목덜미를 스윽 훑었다.

"누나, 좋은 거라니 뭐야?"

"기다려 봐, 어디 보자."

9층이나 되는 덕분에 시야가 탁 트여 고요해진 밤거리를 한 눈에 바라볼 수 있었다. 역 근처는 아직 밝았지만, 자정이 가까워져 오자 불이 켜진 집의 숫자는 상당히 줄어들어 있었다. 어느 방향이었는지 난간을 붙들고 시선을 집중하던 사쿠라는 밤하늘 한쪽 끝을 가리켰다.

"자, 저기."

늘어선 빌딩과 빌딩 사이 저 멀리 붉은 빛을 띤 금색 탑이 얼굴을 내밀고 있다. 슈지는 오오, 하고 탄성을 흘렸다.

"도쿄타워잖아. 대단한데. 빛나고 있어."

"좋지."

"뭐야, 우연히 얻어 걸린 건가?"

"그럴 리가. 방 얻을 때 보이는지 아닌지 확인했어. 이전 직장에 다닐 때 별 생각 없이 산책하다 보니 저게 보였는데, 예뻐서 마음에 들었거든. 그대로 오오테마치에서 도쿄타워 아래까지 걸어가 버렸지. 밤이고, 퇴근길이라 지칠 대로 지친 데다 하이힐을 신고 있었는데도 말이야."

"뭐야 그게."

어둠 속에서 슈지의 웃음소리가 카랑카랑 울린다. 어릴 때부터 변함없는, 자그마한 파티용 폭죽을 터뜨린 것 같은 메마르고 밝은 목소리다.

"누나 너무 한가한 거 아냐?"

"이것저것 생각하고 싶은 시기였거든."

아니, 사실 아무 생각도 하고 싶지 않았는지도 모른다. 그저 예쁘다, 하고 멍하니 생각하며 멀리 보이는 도쿄타워를 목적지로 삼고 있었다. 도중에 무심코 방향을 꺾어 금빛으로 빛나는 도쿄 역 주변이나, 빅 카메라와 무인양품, 마루이 등의 대형 상점이 늘어선 유라쿠쵸 역 앞을 산책했다. 새하얀 밤 벚꽃이 흐드러지게 핀 히비야 공원 옆을 지나, 근대적인 신바시의 빌딩가를 거닐었다.

눈에 띈 과자를 사고, 책을 사고, 느낌이 좋은 카페나 레스토랑의 간판과 메뉴를 살펴보고, 슬슬 나오기 시작한 여름 물건이나 신상 화장품을 체크하고, 마음이 내키면 다시 밤하늘에 우뚝 솟은 금빛 탑을 찾았다. 아무리 제멋대로 한눈을 팔더라도 대체적인 방향만 잡으면 곧 커다란 타워는 건물들의 그림자 사이에서 얼굴을 내밀었다.

아무런 용건도 인연도 없이, 지금까지 그저 전철의 창문을 통해 플랫폼에 쓰인 역 이름을 바라보는 정도였던 동네는 실제로 걸어 보니 상상보다 훨씬 신기하고 즐거웠다. 이 앞에 무엇이 있는지 모른 채 막다른 길 끝에서 되돌아 나오거나, 뜻하지 않게 마음이 끌려 예정에 없었던 골목을 헤매고 다니거나 하며, 오로지 방향에만 의지해서 나아가는 여정은 마치 자그마한 모험과 같았다.

한 시간 반 정도 산책을 이어 간 뒤 겨우 다다른 도쿄타워는 부드럽고 따뜻한 색으로 밤하늘을 빛내는 모습이 눈이 시리도록 아름다웠다. 한참 빛나는 타워를 올려다보던 중 이윽고 왜 그토록 마음이 끌렸는지 알 것 같았다.

조명에 비친 도쿄타워는 불꽃의 색을 닮아 있었다. 모닥불의 색이다. 저 멀리 사람이 있다고 알려 주는 색이다. 나는 누군가를 만나고 싶었던 걸까.

그리고 나서 몇 개월 뒤 헬로워크[*]에서 지금 다니는 직장의 구인광고를 발견했을 때, 눈꺼풀 안쪽에서 그날 보았던 금빛이 물씬 배어나왔다. 먼 곳에 갈 수 있다는 예감이 들었다. 환경이 바뀌는 것을 계기로 이사를 결심하고, 집세나 교통편에 더해 베란다에서 도쿄타워가 보이는 것도 조건에 넣었다. 그 결과 사쿠라는 지금, 여기에 있다.

난간에 두 팔을 올리고 눈을 가늘게 뜬 채 저 멀리 반짝이는 금빛을 바라보던 슈지는 느긋하게 입을 열었다.

"누나는 빛나는 걸 좋아하니까. 잘됐네."

"사람을 까마귀 취급하다니."

"아니, 진짜로 말이야. 마음에 드는 장소가 있다는 건 중요하니까."

그렇지, 하고 맞장구치며 사쿠라는 슈지의 옆모습을 바라보았다. 철이 들고 나서부터 슈지와 싸운 기억은 거의 없다. 스스로도 사이가 좋다고 생각한다. 이 비쩍 말라 미덥지 못하고, 남에게 쉽게 휘둘리는 응석받이에, 그러나 근본만은 부드러운 스물네 살의 남자가 소중해서 어쩔 줄 모르겠다. 마치 자신의 일부처럼 느껴진다. 그것이 얼마나 일그러진 욕망인지도 왠지 모르게 알 듯한 기분이다.

[*] 일본의 구인구직 사이트

"아까 전의 이야기 말인데, 네가 싫다면 어쩔 수 없는 거라고 생각해."

다시 화제를 돌리자, 슈지는 입을 꾹 다물고 침묵을 지켰다. 눈을 감았다 뜰 때마다 먼 곳을 바라보는 촉촉한 눈동자가 금빛 별처럼 반짝거렸다.

바람이 점점 거세어지고 있었다. 사쿠라는 어깨 위로 흐트러진 머리카락을 누르며 하늘을 올려다보았다. 달이 어슴푸레 비치는 구름이 빠르게 흘러가고 있다. 희미하게 따스한 바람에 도시의 봄이 점점 지나가고 있다는 사실을 느낀다. 맨션 주변에도 이미 밤 벚꽃의 하얀색은 찾아볼 수 없다. 아직까지 피어 있는 건 유리 돔 안의 인공 벚꽃 정도이다. 결코 빛이 바래지도 않고 시들지도 않을, 영원히 아름다운, 가짜.

"누나는 왜 미팅에 나가는 거야?"

느닷없이 슈지가 이쪽을 바라보았다. 난간에 올린 팔에 눌린 입가가 조금 찌부러져 있다.

"집에 대해 좋은 기억이란 게 있어? 엉망진창이 된 모습 밖에 본 적 없는데도 자기는 잘해 낼 수 있을 거라 생각하는 거야? 몇십 년 동안 한 사람을 계속 좋아할 수 있다는 걸 믿어?"

그 순간 적당한 답이 생각나지 않아서 검푸른 어둠 속에서 서로를 바라보고 있던 중, 사쿠라는 어릴 적의 일을 떠올렸다.

거실에서 벌어지는 부부싸움에 귀를 기울이며 아무런 말

도 하지 않고 슈지와 둘이서 TV 게임을 하고 있었다. 아무리 신경 쓰지 않는 척 해도 리모컨을 쥔 슈지의 손끝은 떨리고 있었다. 쨍그랑, 하고 날카로운 소리가 울리는 순간 얼굴이 마주쳤다. 슈지의 새카맣고 촉촉한 눈동자 속에 물고기의 그림자 같은 두려움이 어린다. 분명 슈지도 자신의 눈에서 똑같은 것을 보았을 것이다. 서로가 최후의 보루였다. 그러니까 우리들은 그 나이 또래의 형제자매라면 누구나 하는 별 것 아닌 싸움마저 할 수 없었다.

달을 가리고 있던 구름이 끊기며 주변이 조금 밝아졌다. 사쿠라는 천천히 입을 열었다.

"나 있지, 4년 전부터 신칸센을 타고 있잖아?"

"응."

"거기서 많이 봤거든. 귀성이라고 해야 하나, 아, 지금부터 어딘가 인연이 있는 장소로 가는구나 하는 사람들. 왠지 들떠 있는 관광객들과도 표정 변화가 별로 없는 업무 중인 사람들과도 조금 다른, 어깨 언저리에 힘이 들어가긴 했지만 전체적으로는 무장해제 된 느낌으로 바로 알 수 있어. 그렇게 귀성하는 사람들을 볼 때마다, 이 사람들의 고향은 어떤 곳일까, 어떤 사람이 있고, 어떤 풍경일까 하고 생각했어."

말을 이어 나가면서 머릿속에서 벚꽃이 든 스노 돔을 뒤집었다. 반짝반짝 빛나는 꽃잎이 떨어져 내린다. 확실히 미즈호의 말대로 고향이란 반드시 마음 편한 곳만은 아닐 것이다. 두 손에 기념품을 들고 기운차게 돌아가는 사람도 있는

가 하면, 싸움을 하러 가는 사람도, 돌아가는 것이 껄끄러운 사람도 있음에 틀림없다. 그들이 향하는 곳에 살아 있는 사람이 있는 한, 관계성이란 사계절을 지내는 벚꽃처럼 꽃이 만개하는 때와 추위에 시드는 때를 반복하며 어느 한 가지 모습만을 보여 주지 않는다. 그러나 돌아갈 장소를 잃어버리면서 나는 항상 꿈꾸던 꽃이 만개한 모습으로, 남동생은 어둠 속에서 시들어 버린 모습으로, 각각 고향의 이미지를 굳혀 버렸다. 그건 역시 무척 분하고도 안타까운 일이라고 사쿠라는 생각했다.

"그리고, 그렇게 가는 사람들을 보는 것도 좋지만. 하루가 끝난 뒤 밤의 상행선을 타고 고향에서 돌아오는 사람들이, 이미 지칠 대로 지쳤습니다, 실컷 놀았습니다, 뭔가 이것저것 힘들었습니다란 느낌으로 푹 잠들어 있는 걸 보는 것도 좋아."

취미 하고는, 하고 슈지는 어깨를 움츠리며 얼버무렸다. 사쿠라의 목소리도 그에 따라 부드러워졌다.

"의외로 어느 손님이건 자는 얼굴이 아주 나쁘지만도 않다는 느낌인 거야. 그러니까 분명히 그렇게 나쁜 건 아니라고 생각해. 내 눈으로 본 것은 믿을 수 있으니까."

"누나는 어딘가로 돌아가고 싶은 거야?"

"전에는 그렇게 생각했어. 지금은……, 으음."

먼 여행을 끝내고 만족스런 표정으로 자리에 몸을 묻은 손님의 모습이 차례차례 머릿속을 스쳐지나갔다. 질문에 대해 떠오른 답은 정말로 기묘했다. 한 번도 제대로 생각한 적이 없었음에도 마치 이전부터 알고 있던 것처럼 입에서 말이 술술 흘러나왔다.

"내가 어딘가로 돌아가고 싶다는 것보다는, 편안하게 해 줄 테니 누군가가 돌아올 수 있는 자리를 만들고 싶어. 저 먼 곳에서 신칸센을 타고 와 주었으면 좋겠어. 내가 발견한 예쁜 것을 함께 보고 즐겨 주었으면 좋겠어. 그런 걸 해 보고 싶어서 가족이 가지고 싶은 걸지도 몰라."

소중한 사람이 찾아와 준다면, 나는 제일 먼저 그 사람을 조명이 밝혀진 도쿄타워로 데려갈 것이다. 좋아하는 레스토랑에서 식사를 하고, 다음 날은 시내 관광을 하러 돌아다닐 것이다. 도쿄 역 주변은 물론 아키하바라의 전자상가와 아사쿠사의 카미나리몬*도, 우에노 미술관도, 거리 풍경이 아름다운 오모테산도도, 스카이트리도 오다이바도, 어디라도 데려갈 것이다. 그것을 보고 기뻐하는 얼굴이 많이 보고 싶다.

그렇게 생각한 순간, 아침 햇살에 가득 찬 거실 풍경이 머릿속에 떠올랐다. 파자마 차림의 어머니가 "얼른 아침밥 먹어야지" 하고 잔소리를 하면서 자신과 슈지의 도시락에 반찬을 넣고 있었다. 일기예보를 보고 있던 아버지는 "오후부터 비가 온다니까 우산 가져가렴"이라 말했다. 부모님은 분명 여러 겹 걸치고 있던 금빛 날개옷 중 몇 장을 자신의 의지로 벗어던졌을 것이다. 가정을 만들고 난 뒤 그 결과는 분명 바

---

* 도쿄 다이타 구 아사쿠사에 위치한 사찰인 센소지(淺草寺)의 문으로, 강렬한 붉은 색과 문에 달린 거대한 제등이 유명하다.

라던 모습은 아니었을지 모른다. 그러나 걸치고 있던 날개옷을 껴입는 게 아니라 벗어던지고, 자신 외의 사람에게 나누어 주기를 즐겨 보자고, 상대에게 손을 뻗어 새로운 관계성을 구축해 보자고 결정한 순간이 두 사람의 인생 어딘가에 있었던 것이다.

어머니는 금빛 날개옷을 잃어버리지 않았다. 뭐야, 하고 맥 빠진 기분으로 얼굴을 들어올렸다. 슈지는 바로 알아차리지 못한 듯 고개를 갸웃거렸다.

"여자의 모성이란 대단해."

"아니, 아마 전혀 다를걸."

"헤에."

"너도 언젠가 그렇게 생각할지도 몰라."

"으음. 어떨까."

"이래저래 말해도 카오리를 좋아하는 거지?"

평소라면 부끄러워서 대답하지 못했을 것을 아무렇지 않게 물어 보았다. 슈지는 난간에 기댄 칠칠맞은 모습 그대로, "거야 좋아하지. 그러니까 고민하고 있잖아"라고 토라진 듯 대답했다. 귀여운 표현에 저도 모르게 웃고 말았다.

"누나 있잖아, 누나랑 해 보고 싶던 게 있었어."

"뭔데?"

"언젠가."

언젠가 우리들이 행복한 어른이 되면, 활짝 핀 벚꽃 아래서 성대한 꽃놀이를 벌여 보자.

아이들 옷을 고르는 법이라거나, 아내가 하는 말을 들어주는 방법이라거나, 낭비에 대해서라거나, 그런 아무짝에도 쓸데없는 이야기를 나누면서. 뒷말은 가슴속에 숨긴 채 사쿠라는 한 번 더 빌딩 사이에서 빛나는 도쿄타워를 향해 눈을 돌렸다.

갑자기 금색 빛이 밤의 어둠 속으로 녹아들어 사라져 갔다. 슈지는 어라, 하고 얼빠진 목소리를 냈다.

"꺼졌어?"

"자정이 됐으니까. 내일 또 켜질 거야."

"허어."

도쿄타워의 빛이 꺼지자마자 주변의 밤이 한층 깊어진 기분이 들었다. 슬슬 방에 들어갈까, 하고 사쿠라는 남동생의 마른 어깨를 두들겼다.

두 시간 만에 휴대폰을 확인해 보니 새로운 문자가 도착했음을 알리는 봉투 모양의 마크가 화면에 떠올라 있었다. 제목은 '오니시입니다. 오늘 감사했습니다'로, 어울리지 않게 문장 끝에 귀여운 병아리 모양 이모티콘이 붙어 있다.

그러고 보니 눈썹이 진한 딱딱한 겉모습과는 어울리지 않게 유루캐러*에 관해 열띤 설명을 하고 있었으니, 사실은 귀여운 걸 좋아하는지도 모른다. 그렇다면 가정폭력은 어떨까, 하며 간지러운 기분으로 문자메시지를 열었다. 본문에는 '오

---

* 국가나 지방자치단체가 주최하는 이벤트나 명품 홍보용 캐릭터 중 형태나 이름은 촌스럽지만 한가롭고 느긋한 분위기를 느끼게 하는 것

늘의 답례로 다음 휴일에 식사 어떠십니까'라는 깔끔한 데이
트 신청문이 적혀 있었다.

슈지가 샤워를 하는 소리가 방 안을 울리고 있었다. 오니
시 씨에게 답장을 보낸 뒤, 낮은 테이블 위에 놓인 스노 돔에
손을 뻗었다. 뒤집고 굴리면서 화려한 봄의 결정을 가지고
놀다가, 이윽고 그것을 침대 아래에 있는 수납 박스에 던져
넣었다.

골든 위크가 끝날 무렵이면 바람은 더욱 따뜻해질 것이다.
도시락과 음료의 안내나 손수레의 내용물도 그에 어울리게
바꾸어야 한다. 무의식중에 머릿속에서 작업 순서를 떠올리
며, 사쿠라는 베란다 너머의 달을 올려다보았다.

꿈과 환상의 꽃이 바람에 흩날려 사라지는 대신 새파랗게
빛나는 잎사귀가 피어난 가지가 유리 돔을 깨고 뻗어 나온
다. 이제 곧 이 방 안에 새로운 계절이 다가올 것이다.

옮긴이의 말

지난해부터 올해에 걸쳐 이어지는 겨울이 참 길다.

이 땅에 유독 길고 차가운 겨울이 너무나도 오래 가고 있는 중이다.

아마 나뿐만이 아니라 상당수의 많은 사람들이 같은 생각을 가지고 있을 것이다.

끝이 보이지 않는 시린 겨울 속에서 이 책을 받아든 순간, 온 몸을 휘감는 따스한 봄기운에 나도 모르게 눈물이 났다.

신칸센이라는 하나의 매개체를 통해 자기도 모르게 얽힌 다섯 사람의 잔잔한 이야기가 하나로 뭉치며 선사하는 커다란 감동에, 책장을 하나하나 넘길 때마다 웃고 울기를 반복하며 몇 날 며칠을 보낸 기억이 아직까지도 머릿속에 선명히 남아 있다.

바람에 휘날리는 노란색 목향장미 무늬 원피스의 치맛단을 쥐고서 흔들다리 위에서 눈부신 미소를 짓는 할머니의 모습이.

두 눈을 감은 채 삐쭉빼쭉 가시가 돋친 탱자나무 덩굴 새로 흐드러지게 핀 하얀 꽃향기를 맡는 여자의 행복에 넘치는 얼굴이.

노오란 유채꽃밭 한가운데 서서 젊은 날의 어머니와 마주한 채 쑥스런 웃음을 흘리는 청년이.

따스한 봄의 밤바람에 이끌려 송이째 뚝뚝 떨어지는 백목련 꽃잎 아래 마주보고 선 소녀와 또 한 소녀가.

자신을 안식처 삼아 돌아올 누군가를 위해 어여쁜 분홍빛 벚꽃을 흐드러지게 피우고 기다리는 상냥하고 다정한 사람의 얼굴이.

한 줄 한 줄 글을 읽을 때마다 그 모든 장면이 마치 영상처럼 눈앞을 스치고 지나갔다. 덕분에 한동안 손을 놓았던 그림에 다시 한 번 손을 대어 내 손으로 직접 일러스트를 그려 삽입하고 싶은 생각이 굴뚝같았다.

불교의 경전에서 유명한 한 구절 중 '무소의 뿔처럼 혼자서 가라'는 말이 있다. 사람과 사람이 얽히다 보면 반드시 다툼이 있고 파경이 있다. 그러니 그런 것을 미리 살펴 타인과 깊은 연을 맺지 말고 나 홀로 꿋꿋이 살아가라는 그런 의미의 구절이다.

하지만 나는 이 책을 번역하며 저 말이 무조건적으로 옳지만은 않다고 생각했다.

어차피 인간이란 세상을 살다 보면 어쩔 수 없이 타인과 얽히게 마련이다. 인간을 나타내는 한자 사람 인(人)조차 두 명의 사람이 서로에게 기대어 서로를 지탱하며 서 있는 의미라 하지 않는가. 각각의 단편에서 그려낸 다섯 명의 인간 군상들 또한 이와 마찬가지로 누군가와 얽히고 오해하고 상처받고 또 그것을 치유하며, 그렇게 서로 손을 잡고 살아가는 법을 배우고 있었다.

작가는 아마도 이러한 인간과 인간 간의 따스한 교류를 봄, 그리고 꽃에 비유해서 표현하고 싶었던 것 같다.

차가운 겨울처럼 홀로 살아가던 한 인간이 타인과 마주치고 또 부딪히면서 먼 옛날 가슴속에 품고 있던 온기를 떠올린다. 그리고 그 온기를 통해 무의식 속에 잊고 있던 마음속 자그마한 씨앗의 움을 틔우고 또 꽃을 피우는 그러한 것. 그것이 바로 삶이고, 또 사람이라는 것을 말이다.

이 책을 번역하는 내내 나에게 질문했다.

나의 봄이란 어떠한 시간인지. 나에게 있어 봄꽃처럼 화사하고 아름다운 이는 과연 누구인지. 내가 뿌리 내리고 있는 고향이란 대체 어디인지. 나는 지금 어디로 돌아가고 싶은지. 누구를 위해 다정하고 안락한 쉼터가 되어 언젠가 돌아올 그 이를 기다리고 싶은지.

아마 이것들은 전부 작가가 독자에게 던져 준 보이지 않는 질문들일 것이다. 책을 읽으며 각자의 답을 찾아내 보라고. 작가는 그렇게 우리에게 말하고 있다.

나만의 답을 찾는 내내 어른이 된 뒤로 한동안 잊고 지냈던 은은한 향수(鄕愁)가 되돌아오는 느낌이 들었다.

이 책을 처음 받아든 날은 삭풍이 몰아치는 12월의 끝자락이었다. 한창 번역에 집중하던 때 역시 바람이 차디차기 그지없는 1월이었다. 그럼에도 불구하고 이 책을 손에 들고 있던 동안 나의 시간은 오롯이 분홍빛 바람이 산들대는 그런 아름다운 봄날이었음을 상기하며, 이 책을 읽을 여러분들의 시간 또한 그러하기를 바란다. 달콤하고 부드러운 봄바람이 감미롭게 가슴을 쓸어내리며 지난 겨우내 쌓였던 그 모든 상처를 보듬고 치유하는 기분. 내가 느꼈던 그 기분을 독자 분들과 공유할 수 있는 그런 시간이 되었으면 한다.

이제 곧 따스한 봄바람이 불어오고, 어느 유명한 유행가의 가사처럼 휘날리는 봄바람 아래 연분홍 벚꽃잎이 아름답게 흩날릴 것이다. 비록 도쿄타워는 보이지 않더라도, 그 아름다운 봄날의 흩날리는 벚꽃잎 꽃비 아래서 이 책을 손에 들고 행복한 미소를 지을 사람들이 한 명이라도 더 있기를 바라 마지않는 바이다.

저기 저 언저리에서 자박자박 봄이 오는 소리가 들린다.

벚꽃 아래서 당신을 기다리고 있을, 그 밝고 찬란한 봄이.

참고문헌·홈페이지

●요시다 켄잔 「기억 속의 센다이 – 요시다 켄잔 담채화집」 카와키타 신보 출판센터

●사이토 이즈미 「당신에게서 또 사고 싶어! 카리스마 넘치는 신칸센 승무원의 단숨에 마음을 휘어잡는 기술」 토쿠마 쇼텐

●모기 쿠미코 「사지 않아도 괜찮아」 인포레스트

●환경성 보도자료 「헤이세이 23년 10월 10일 재해폐기물 안전평가검사회·환경회복검사회 제1회 합동검사회 자료」

http://www.env.go.jp/press/file_view.php?serial=18437&hou_id=14327

●후쿠시마현 「후쿠시마현 방사능 측정 맵」

http://fukushima-radioactivity.jp/

●독립행정법인 방사선의학총회 연구소 「방사능 피폭 조견도」

http://www.nirs.go.jp/data/pdf/hayamizu/j/20130502.pdf

*집필에 있어 방언의 지도를 해 주신 사토 님, 이사고 님, 코바야시 님께 마음으로부터 깊은 감사를 표합니다.(저자)

처음 실린 잡지

목항장미 무늬 원피스   「紡」Vol.10 (2014 Winter)

탱자 향기가 풍기다   「紡」Vol.12 (2014 Summer)

유채꽃의 집   「월간 J 노벨」2014년 12월호

백목련 질 때   「월간 J 노벨」2015년 2월호

벚꽃 아래서 기다릴게   신작

벚꽃 아래서 기다릴게

2017년 4월 20일 1판 1쇄 발행
2017년 11월 20일 1판 3쇄 발행
저　　　자 아야세 마루
옮 긴 이 이연재
발 행 인 유재옥
본 부 장 조병권
편　　　집 김다솜
편 집 부 김민지 정영길 조찬희 이문영 김혜주
내부디자인 강혜린 박은정
라 이 츠 박선희 오유진
디 지 털 최민성 박지혜
발 행 처 ㈜소미미디어
제 작 처 코리아피앤피
등　　　록 제2015-000008호
주　　　소 서울시 마포구 토정로222, 403호(신수동, 한국출판콘텐츠센터)
판　　　매 ㈜소미미디어
마 케 팅 한민지 한주원
전　　　화 편집부 (070)4164-3962, 3963 기획실 (02)567-3388
　　　　　　 판매 및 마케팅 (070)4165-6888, Fax (02)322-7665

ISBN 979-11-5710- 859-6 03830